Amy Yamada

山田詠美

血も涙もある

新潮社

血も涙もある

目次

血も涙もある

chapter 1

lover

恋人

私の趣味は人の夫を寝盗ることです。などと、世界の真ん中で叫んでみたいものだ。たぶん四方八方から石が飛んで来るだろうけど。そして、この性悪女！　なあんて、ののしられたりする。不倫の発覚時には、何故かこういう古めかしい罵倒語が復活するから驚きだ。あばずれとか女狐とか泥棒猫とか。狐と猫、かわいそう。

不倫を辞書で引いてみたら、こうあった。

「道徳に反すること。特に、男女の関係が人の道にはずれること。また、そのさま」で、ついでに、類語も調べてみた訳よ。そしたら、姦淫、姦通、腐れ合う、私通、出来合う、内通、密事、密通……とまあ、出て来る出て来る……しかし、腐れ合うって、……好みだ！　何でも、泉鏡花の「婦系図」とやらに登場する言葉らしいが、倫理にあらずなんて意味のものより、ずっとそそられるではないか。腐る寸前がおいしい食べ物のような男女、ってな感じのニュアンスが滲む。

腐っておいしい、と言えば、腐乳という食品が中国にあって、これは豆腐に麹を付けて発酵させたもの。かなり強いにおいで、人によっては臭《くさ》いと敬遠する人もいるほどだが、調味料として使うと旨い。

　今では日本でも手に入るこの腐乳を使って、神技のような美味の数々を作り出して見せてくれるのは、料理研究家の沢口喜久江《さわぐちきくえ》先生だ。伝統を守りながらも、さまざまな斬新なアイディアを加えた沢口先生のレシピは、幅広い年齢層の人気を獲得している。料理本を出せば売れるし、特別に開かれる教室には応募者が殺到し、すぐに締め切られる。ウェブで連載されているエッセイの評判も良い。

　それなのに、沢口先生はこう言うのである。

「わたし、これから仕事減らしてくわ。もう年ね。なんか、すごく疲れるの。これからは、桃ちゃんたちに道を譲るわ」

　先生は、御年五十歳。そして、助手をしている私、和泉桃子《いずみももこ》は三十五歳。女ざかりというには、まだ青いかもしれないが、それなりに人生経験は積んで来たつもり。本気の恋の場数は、さほど踏んでいるとは言えないけれど、寝た男の数と限定すれば、同年代の女たちの中では、たぶん、かなり多い方。そのほとんどが既婚者だけど。私は、男の美点を人知れずかすめ盗っているという感じが大好き。それがたとえ誰かの男だったとしても。

　そして、今は、沢口先生の夫と付き合っている。先生より十歳年下のその人は、太郎《たろう》さんといって、キタロー・サワグチ名義であんまり売れていないイラストレーターをやっている。

「腐乳はね、臭いからって敬遠する人も多いけど、この鍋のたれに使うとほとんどの人が好きになるわね」

沢口先生が教えてくれたのは、あらかじめたっぷりの胡麻油で炒めておいた豚バラ肉の薄切りを投入しながら食べる鍋料理。本来は、台湾風に石鍋を囲むものだという。

「にんにくや生姜、刻んだ葱なんかを入れた胡麻だれに、ほんのちょっとだけ入れるの。お肉や野菜をそれに絡めると、あの臭みが嘘でしょってくらいの旨味に変身するのよ」

あ、そういうの、いい。男と女の関係もやばい臭みがほんの少しあるだけで、うんとおいしくなる。食べもの以外に「おいしい」なんて使うのは趣味が悪いと思う私だけれど、男に対しては良いような気がしている。いえ、男と私の間に生まれる、いわく言いがたい事柄に関しては。

夫と助手の関係を知っているのかいないのか、沢口先生の本心はまったく読み取れない。先生に出会ってから、早や十年。フルタイムでお手伝いをするようになってからも、もう六年になるけれども、彼女が心の中で何を考えているのかは解らない。良き妻であり、良き職業婦人。職業婦人なんて呼び方は、大時代的だとは思うけど、彼女にはぴったりな感じがする。仕事が出来るくせに、決してでしゃばらず、やり手の自分に少しだけ負い目を持ち、でも、しっかりとした誇りを胸に抱いてこれまで生きて来た。おそらく彼女いわく、我が人生に悔いなし……あ、何かこれだと死んでしまうみたいだが、要するに、古式ゆかしいタイプの働く女なのだ。自分のことをキャリアウーマンなんて思ったこともないに違いない。

「おいしいものを大好きな人たちに食べさせてあげたいなーと思うことだけでここまで来て

しまったのよ」

口癖のようなこの言葉を最初に聞いた時、私は、思わず沢口先生の顔を探るように見てしまった。このように、何の含みもなく善良さをさらけ出す人に会うと、私は、居心地が悪くなってしまう。それは、私の性根が歪んでいるからに違いないのだが、大人の真っすぐさって、馬鹿と紙一重なんじゃないのか。いや、清濁併せ呑み過ぎて、ひと回りする内にどこかで濾過されて、清らかに澄んでしまったとか。

沢口先生がどちらなのかは、本当のところ解らないけれども、これだけは言える。いくら人の良さげな先生でも、自分の夫を食べさせてあげたいなー、とは思わない筈。すいません。先生の味つけしたおいしい男を、私、御相伴に与《あずか》っております。あ！　またもや食べ物以外に「おいしい」を使っている。なんて品性下劣なんだ、私！　風味豊かというべきか、それとも美味なる、と表現すべきか、いずれにせよ、その旨いもんを、まだ堪能するというところまでは行っていない。行くのか？　私。

短大の食物栄養科を出た後、管理栄養士として身を立てて行こうとした私だったが、ひょんなことから友人の立ち上げたケータリングサーヴィスの会社を手伝うようになったのだった。そして、出張先のパーティで沢口先生に出会った。

それは文化人と呼ばれる人々の集まりで、鼻持ちならない小娘の作家が何とかという賞を受賞したのを祝うために、華やかに演出されていた。まるで、外国映画でよく見かける豪奢なサロンのようにしつらえられた広間で、私と仲間たちは招待客の邪魔にならぬよう細心の注意を払い飛び回った。その間じゅう、銀のトレイに載せたフィンガーフードで彼らの気を引くことにも怠りない。忙しさが楽しかった。友人の会社は軌道に乗り、働く私たちは活力に満ちていた。

そこには、メディアで見かける有名人が何人もいた。そういう人々を目のはしで確認して小さく驚きながらも、私を興奮させたのは、料理研究家の沢口喜久江だった。何冊か出ている彼女の料理本の大ファンだったのだ。いつも先生と心の中で呼んでいた。

小説家の母親らしい恰幅の良いマダムが沢口先生と立ち話をしていた。

おいしいスナックですね、と言う沢口先生に、そのマダムは、ほほ……と笑って返した。

「まあ。プロフェッショナルな方のお口に合うか不安でしたのよ。いつもお願いしているお高いお店はちょっとお休みして、最近、評判の良い若い人向けのカジュアルなケータリングを半信半疑で頼んでみましたの。そしたら大成功。そのアミューズも気が利いてますでしょ？」

マダムは、アミューズ！　と力を込めて発音した。沢口先生は、ほんの一瞬、不意を衝かれたような表情を浮かべたが、すぐに、にこやかさを取り戻して相槌を打った。

「ほんと、可愛いアミューズ・グールですね」

そのやり取りを耳にした私は思った。こんなおばさんの娘の書く小説なんて、きっとろくなもんじゃないだろうな、と。どうせ鼻持ちならないおフランス風味がぷんぷんしているんだろう。

ちなみに、二人のカンヴァセーション・ピースになったスナックは、小海老を香菜なんかと一緒に小さな春巻の皮でくるんで揚げたもの。スウィートチリソースがかけてある。私たちの間では、エビチビロールと命名されていて、完全なスナック扱い。ビールを召し上がるお客に勧めることが多い。別にアミューズ扱いされても、まったくかまわないし、格上げされたみたいで光栄であったりもする訳だが、あの種のマダムの意味のない気取りと威圧感って、私のもっとも苦手とするものだ。いや、私だけでなく、少なからぬ人々が敬遠したくなる雰囲気を撒き散らしているのだが、本人は全然気が付かない。何故なら、類は類を持って集まっているからだ。品のまったくない、お上品な人たち。

金満家のおばさんたちには、毎回、いらっとさせられるが、曖《おくび》にも出さない。料理をサーヴする側が笑顔を失くしたら、それは、神の与えし糧《かて》に対する冒瀆《ぼうとく》だ。幸せな空気を客に感染させないで、いったい何のための給仕だ！　なんて、ほんとは、こんな格好良いこと言うほど、この仕事にのめり込んでいる訳でもないんだけどさ。成り行きで手伝っているのだし。

などと思いながら、テーブルの上を片付けていたら、なんと沢口先生その人が話しかけて来たのである。

「おつまみ、どれもおいしいわよ。御馳走さま」

「こ、光栄です！　社長に伝えます」

「いつも、このくらいの規模のパーティにお料理を提供しているの？」

「あ、いえ、こんなに盛大なのは滅多にないんで、二日前くらいからてんてこ舞いで……」

「……てんてこ舞い……その言葉、久し振りに聞いたわ。大変なのね。皆、バイトさん？」

「何人かはそうです」

「あなたも？」

「そんなもんです。実は、社長が友達なもんで、応援している内に手伝う破目になって……」

「そうなの」

沢口先生は、しばらくの間、逡巡しているような素振りで、テーブルの上の料理をながめた後、尋ねた。

「ね、あそこにあるハワイのポキみたいな味付けの鮪《まぐろ》は誰が考案したの？　小さな椿の花みたいに盛り付けて葉っぱが飾ってある、あれ」

顔が熱くなった。これは、いったいどういう種類の質問なのか。

「それと、あっちのレモンピールが散らしてあるカラマリのマリネは？　ＷＡＳＡＲＡのコンポート皿にちっちゃく盛り付けてある……」

ＷＡＳＡＲＡは、和紙のような手触りと陶器を思わせる質感を兼ね備えた紙皿で、そのデザイン性と意外な丈夫さで重宝しているのだった。環境への負荷も減らしているとか。

「フェンネルの葉とピンクペッパーの色が、すごく綺麗ねえ……オイルは何を使ったの？」

「……ヘーゼルナッツです」

「ああ、どうりで」

感嘆したように頷き、頬を染める沢口先生を目の当たりにして、私は、幸福のあまり口を滑らせた。

「あの、ふたつ共、私が考えたんです！」

いや、口を滑らせたと言っても、それは事実ではあるのだ。ただし、お客様と料理に関する個人的な話はしないように、と社長に言われているのだった。

「あなたはプロなの？」

「……いえ、一応調理師免許は持ってますけど……」

消え入りそうな気持だった。社会に出て、もうずいぶん経つというのに、自分はまだ何者でもないのだ、と心許なくなったのだ。

あの日の出会いを思い出して、沢口先生は、今も懐しむかのように笑う。あれから、何度かの偶然が重なり、私たちは近しい間柄になった。そして、先生の許で働かないかと提案されたのだ。

もちろん、私に異存はなかった。料理に携わる者なら、一度は、沢口喜久江の側で働いてみたいと思うだろう。しかし。

「そっかなー。私、あの人の料理って、あんまり好きじゃないなー」

そう言ったのは、私の友人で先生との出会いのきっかけを作ってくれた、ケータリングサーヴィス会社社長の田宮緑《たみやみどり》である。小さいながらも一国一城の主としてスタートを切って、まだ間もない頃だった。

「なんか、沢口喜久江の作るもんって、私、性に合わないんだなあ」

感じ悪いなあ、と思ったものの、緑の言いたいことは解る。料理を作る人は、皆誰かしら自分の気に入りの料理研究家がいるものだが、その選び方は理屈ではないのだ。自分のテイストに合うか合わないか、それだけ。食べ物を味わうのと同じなのだ。最初に感じた好き嫌いが変わることはない。食わず嫌いを返上することはあるけれども。

「あの人の料理本とか見てると、母性とか愛情とかが、もわっと漂ってくるんだよねえ」

「何が悪いの？　それ、料理の基本じゃん」

「うーん。私の場合は、愛を料理に託して届けるとか、なるべく避けたいからねー。そういう重いもんから逃れたい、でも、旨いもんは食べたいって人たち向け？」

確かに沢口先生の料理本には愛という概念が詰まっている。寒い日の夕暮れ時、道端にどこからか流れて来る、温かい湯気に象徴されるようなものが。

「でも、桃子が沢口さんと働いてみたいなら、無理に引き留める気はないよ。ちょうど、大ちゃんとがっつり組んでやってく決心を固めたとこだしね」

大ちゃんというのは、杉村大介《すぎむらだいすけ》くんといって、緑の恋人だ。都心のホテルの厨房での仕事を辞めて、これからは二人の夢のために料理を作るという。いよっ、御両人！　愛し合っている二人が、愛に溢れた料理を敬遠するという不思議。いずれにせよ、友人の優しい気持と共に私は野放しにされた。

「正直、桃ちゃんと初めて会った時の料理、おいしいより先に、ずい分、風変わりだなって印象が来たの。近頃の若い料理人って奇をてらってばかりって。ヘーゼルナッツのオイルなんて、普通、烏賊《いか》に合わせようとは思わないしね」

なんて、何年も前の料理をいつも唐突に思い出して語り始めたりするのだ、沢口先生という人は。

「でもね、あれは、小さな小さな一話完結のひと皿だったのね」

「は？」

「わたしだったら、もっと食べたいと思わせるために作ると思うの。全然、違うんだなあ、この若い人は、と目から鱗が落ちたみたいになって、それが始まりで、桃ちゃんにうちに来てもらいたいと考えるようになったのよ」

ありがたいことだ、と心から感じた。それを伝えたくて、私なりに誠実に仕えて来た。ますます沢口先生はすごい、と尊敬するようになった。そして、それと並行して、彼女への無条件の好意のようなものは減って行った。尊敬は屈託のない好きという気持を削ってしまうように、いつも私は思う。

じゃれ付く子供のように必死に先生の後を追いかけていた私は、次第に息を整え、冷静な気持で彼女を見詰めるようになった。すると、充実した仕事が私を待ち受けていて、沢口喜久江に必要とされているありがたみが押し寄せた。

出来なかったことが少しずつ出来るようになって行く。一人前らしきものに近付いて行く。私自身による私自身のための進化論は、着実な日々の積み重ねによるものなのだ。その胸震わせる実感を、ごく当り前に受け止めるようになった時には、沢口先生との出会いから十年が過ぎていた。

今では、先生からも、仕事スタッフからも信頼されている重要人物の筈。まあ、自惚れかもしれないけどさ、良いのだ。気は心。まずはそう思うところから始めてみる。すると、つじつまを合わせなくては、と普通よりギアを上げるから、仕事の出来も上々になる。そして、気が付いたら実力派……が目標。

「うちはねえ、家内制手工業みたいなもんだから、信頼の置ける少人数だけで良いの。仕事の量を増やして自分を追い込んでも誰も誉めてくれないし、わたしたちも楽しくない。のんびりとあえて余裕をもってやってます。心からの笑顔が作れなくなったら、御料理を皆さんに提供する資格なんかないですもの」

とは、某女性誌の、働く女性特集インタヴューで沢口先生が言ったこと。素晴しい御言葉で、彼女がそう心掛けているのは本当で、だからこその沢口喜久江なのだが、正直、いつもそのサイクルが上手く回っているとは限らない。

「誰か悪いわねえ！　太郎さんに、この夕ごはん届けてくれる!?」

そんなふうに、忙しい最中《さなか》、仕事とは無関係の用事をスタッフに頼むのもしばしば。するとと顔には出さないが、皆の「面倒臭いなー」という声にならない呟きが洩れるのを感じる。別に断わったって良いのよ、と秘書の並木千花《なみきちか》さんには言われているのだが、助手の分際でそんな態度を取れる訳がないではないか。

どうする？　という目で、私とほぼ同時期に働き始めた田辺智子《たなべともこ》ちゃんがこちらを見る。私は、小さく肩をすくめるのが常で、結局、古参の長峰《ながみね》さんという人が引き受けることになっていたのだったが、彼女、家庭の事情とやらで長期休暇を取ってしまった。

仕方ないなあ、と私がその役目を引き受けた日があった。

「がんばれ！　弁当運搬係！」

と田辺智子ちゃんに茶化されながら思ったものだ。ばっかみたい、と。いい大人の男が奥さんの手作り弁当を待ってるなんて。そして、それを赤の他人に運ばせて平気でいる妻なんて。行って来ます、と言ってキッチンスタジオの外に出た瞬間、舌打ちをしてしまったほどだ。沢口喜久江ともあろう人が公私混同かあ……と。でも、そうなんだ、それがあの人の人気の秘密でもあるんだ。わたくし事を飾らずに見せてこそ、ファンは神が自分の位置にわざわざ降りて来てくれたような気分で、カジュアルに崇めることが出来るというもの。しかし、これは何か間違っているよなー。

などと、小さく舌打ちしたのは、今から一年前のことだ。あれから私の心境は一変した。すいません、私が間違っていました。もう不平なんぞ噯《おくび》にも出したりはいたしません。むしろ、弁当係上等！　公私混同、ばんざい!!

嫌々ながら夕食のための料理を届けた先で、私は初めて先生の夫の沢口太郎と向かい合ったのだった。

それまでも、何度か見かけたことはあった。沢口先生のキッチンスタジオは自宅の敷地内にあり、プライヴェートエリアとは中庭の渡り廊下でつながっていた。大きな窓から見える、用もないのにそこを歩く太郎の姿は、時々私たちの目に入り、そのたびに長峰さんが、またふらふらしてる、と呟いた。

「なんか身軽そうな人ですね」

「地に足が着いていないのよ」

そんなやり取りを聞くともなく聞きながら、私は思った。地に足が着いた妻と、そうでない夫の組み合わせか、ふうーん、おもしろそう、と。

「ごめんね、わざわざ、おれの仕事場まで来させちゃって。夕めしとかいいからって、いつも言ってるんだけどさ」

「いえ、これも仕事の内と思ってますし。では、私は、これで、スタジオの方に戻ります」

そお？　と言う太郎に御辞儀をして立ち去ろうとすると引き止められた。

「ねえ、良かったら一緒に食べない？」

振り返って、その顔をまじまじと見た。その瞬間に、解った。あ、この顔、私の好きなやつ。そして、この人も私の顔を好きと感じている！　何故、解ったかって？　ふし穴じゃない目を持っている大人には、そんなことはお見通しさ！

私たちは、太郎の仕事場の隅に置かれた小さなテーブルの上に料理を並べて、はしから平らげて行った。弁当とはいえ、あまりにも手がこんでいて豪華だった。料理のプロを妻に持つ男の幸運について、私は考える。

「料理本の編集やってる人に聞いたんですけど、プロって、案外、家庭で料理したりしないんですって。私の知ってるレストランのシェフも言ってたけど、下手でも奥さんの作る家の味が一番だって。おもしろいですね」

ふうん、と上の空な感じの相槌を打ちながら、太郎は、具沢山のかやくごはんを詰めた稲荷寿司を口に押し込んだ。

「それなのに、沢口先生はすごいですよね。だんなさんのためにも、おいしいものをいっぱい作るじゃないですか。看板に偽りなしってやつですよね」

太郎が突然、ぐぐっと喉から妙な音を出して胸を叩き始めたので、私は、慌てて空のグラスに水出しのお茶を注いで差し出した。すると、彼は、引ったくるようにして、ひと息に飲み干す。

「あんまりおいしいからって、がっついてはいけません。ゆっくり、味わって召し上がって下さい。先生の愛情がこもってるんですから」

お茶にむせながら、太郎は笑った。

「あんた、それ、真面目に言ってんの？」

「はあ、大真面目ですが、何か」

「喜久江の信奉者なんだ？」

「はい、その通りです」

その先の太郎の言葉を待ったが、会話は途絶えてしまい、私たちは再び食べることに専念した。そうして、あらかた片付けてしまうと、二人の間には、飽食した後のだるい空気が漂った。

「あのおいなりさんて、ひじきやら蒟蒻やらが、あんなに細かくなって、ぎっしりと詰まってるんだから、すごいですよね。五目どころか十目ぐらい？　先生のスペシャリテですよね」

私は、キッチンを借りていれ直した熱い焙じ茶を太郎の湯呑みに注いだ。

「おれ、あんなごちゃごちゃしてんのより、豆狸《まめだ》のわさびいなりとかのがいいな」

「はい？」

「知らない？　駅構内とかにある稲荷寿司屋。このあたりだと三鷹駅の隅っこに小さい店がある」

「稲荷寿司にはうるさい？」

「おれは、どんなものにもうるさくないよ」

「じゃ、どんなにまずいものでも食べられるってこと？」

「それは、無理。喜久江のせいで、すっかり舌が肥えちゃってるからさあ」

何の屈託もなさげにそう言う目の前の男を、私は、図々しいと思った。

「喜久江のせい、なんて言い方はするべきではないのでは？　先生のおかげでしょ？　お、か、げ。おいしいものを食べさせてもらえる恩恵に与っている訳じゃないですか」

少し気色ばんでしまったのを、たちまち後悔した。仮にも尊敬する沢口先生の配偶者ではないか。ならば、こちらにもそれ相応のリスペクトを……と思ったのだが、まるでそんな気にならないのである。

後に、この時のことを話題にするたびに、太郎は言った。ずい分、ずけずけとものを言う女だなあと呆れた、と。

「だいたい喜久江に憧れてる女って、おれに対して三種類の態度を取るの。優等生的気づかいを発揮して、先生に良い印象を伝えてもらおうと画策する奴。次は、万が一、先生が嫉妬したり、疑いを持ったりすることがないよう徹底して、よそよそしい態度を取る奴。最後は、先生の好きなものすべてを共有したいとばかりに、好意を全開にしてせまって来るやつ」

何だか、可哀相な奴だな、と感じた。敬愛されているのは妻であって自分では決してない、という経験をこの人はどれだけして来たのだろう。

「でも、桃子は、そのどれとも違ってた」

そう言って、息のかかるところで私を見詰める男は、初めて稲荷寿司を一緒に食べたその日からずっと、私に心奪われている。それが解る。私自身も、さまざまな方法を駆使して、今一番大事なものは、このひとときなのだと伝えようとする。

そこには、沢口先生はいない。この世から消えている。そもそも、太郎と二人、互いを好ましく感じていると認識し合ってから、先生は蚊帳の外の人になってしまったのだ。けれども、そんなのは気の毒なので、一応、話題にはのぼらせる。

既婚者の男との恋愛においては、妻の話は時候の挨拶のようなもの。今日の空模様はいかがですか、と尋ねるのと同じ。雨あられに見舞われそうなら、本日の逢瀬はまたの機会にしておきますか、と提案したりもする。

そういう時、妻は男の配偶者であって、男の女ではない。敬意はないが憎しみもない。私の心は、妻の存在でざわついたりしない。だって、彼は私のものだと知っているから。彼の一番おいしい（また言っちゃった）部分は、私が味わっていると解るから。

考えてみると、妻、可哀相。私のために、夫を下ごしらえして差し出し（というか、彼が勝手にやって来るのだが）、散々、調理され、あらかた食い尽くされた残り物を受け取るのだ。

レフトオーヴァーという英語がある。料理の残り物のことだ。でも残飯ではなく、取っておいて、また後で食べるために保存するもの。女を経由して自分の許に戻って来た夫は、すべてレフトオーヴァーであると、妻は知るべきだろう。

そんなふうに思っていると、男が妻の待つ家に帰って行くのも気にならない。痩せ我慢なんかじゃない。変な時刻に急遽、帰り支度をする彼の姿を見ても、大変だな、と思いこそすれ、腹を立てたりはしない。

だから、そういう時、なんかあっちに悪くてさあ、なんて言わないで欲しいのである。空模様なんだからさ！　天気に悪いと何故思う!!

そこで、こちらが不貞腐れると、ひとり残される寂しさ故と勘違いされるので、ぐっとこらえる。本当は、声を大にして言いたい。二人の間に不純物を入れるな！　私は、後ろめたさや惨めさを、ほんの欠片であっても、この関係にはさみ込みたくないのだ。

昔、不倫している女が、奥様に申し訳なくて……よよっ（泣き崩れるさま）なんてなっている場面をドラマで観たことがあるが、そして、いまだにそういう女が罪悪感を告白したりするのを雑誌コラムなどで見かけたりするが、額面通りには受け取らないよ。気持良さげなプレイと私には映る。背徳は、ある種の人々の媚薬ではあるけれども、私には効かない。奥さんに悪くて……なんて啜り泣く女に縛られて悦に入っている男は馬鹿だと思う。立場が逆だったら、と想像してごらんよ。彼女のだんなに悪くって……と男が泣くか？

私と太郎は、恋に対しては似た者同士みたいである。だから、寝るだけの相手にはならなかった。言ってみれば三角関係に進んでしまった間柄なのだが、関係のもう一角をになう妻は、決して目の上のたんこぶにはならない。後ろ暗い快楽の御膳立てをする存在にも、だ。

私たちは、平然と沢口先生の持たせた料理を食べる。それが、本物のベントーボックスであればシェアする。勝手に、先生からの私専用の「おもたせ」と受け留めた特別料理は、私が味わい尽くす。先生の、そのスペシャリテ、汝の名は夫なり。

たまに、沢口先生の不注意について考える。レシピを考案する際には、あれほど細心の注意を払って、調味料の量を決めるのに、夫の食事を私のような女に届けさせるというりミスを犯すなんて。そういや、慣れたら、自分の目分量で味を作っても良いのよ、なんて料理講座で言ってたっけ。それ、駄目。先生の作る味は、０・０１グラムまで厳密に守らせなきゃ。そのあたり、ずい分と甘かった。だから、私に介入させてしまった。

「で、例によって、自分を人でなしとは思ってない訳ね」

そう言うのは、親友の金井《かない》晴臣《はるおみ》である。皆から、コンパルと呼ばれている彼の恋愛対象は、私と同じで男なのだが、好みはまるで違う。だから、安心しても良いのだが、私の侵略を恐れて、バイセクシャルの男と付き合っている時は、絶対に紹介してくれない。

「大丈夫だよ、あんたの男と深い関係になんかなる訳ないじゃん！」

「深くなくても、つまみ食いでも嫌なの！」

ああ、そうですか。コンパルは、今、会社の同僚と付き合い始めたばかり。ゲイ専用のマッチングアプリで知り合って、同じ社屋に身を置く者同士だと解った時には真底驚いたと言う。

「あの大きなビルの片隅で、ぼくを待っていてくれたなんて、運命よね!?　運命！」

「はー、そうだね、大運命だね」

「大運命！　桃子もさあ、大運命の相手を見つけなさいよ。そんな、師匠のだんなに手を付けるなんて、血も涙もないことやってないでさ」

あるよ。

この間、生理中なのに、どうしても我慢出来ずにセックスしていたら（何故《なにゆえ》、そういう時に限って辛抱たまらん状態になるのか）、シーツが殺戮の結果のように血まみれの惨状を呈していた。

そして、その後、空腹を訴える太郎にカレーライスを作ってやろうと玉葱を刻んでいたら、涙がぽろぽろとこぼれ落ちた。泣いてるの？　と太郎が優しく背後から抱き締めた時、私は思っていたの。ほら、血も涙もある。

chapter 2

wife

妻

秘書の並木千花が、まるでスケジュールの確認でもするような調子で言った。

「先生、気付いてます？　和泉桃子と太郎さん、二人きりで会っているみたいですよ」

「そうなの？」

「気にならないみたいですね」

「時々、ごはん届けてくれてるんでしょ？　親しくなって当然じゃないの」

ええ、まあ、と言いながらも、並木は小さく肩をすくめた。先生が気にならないなら、とすぐさま話題を変えたのは、りっぱ。わたしの気分をいつも冷静に察知する彼女は秘書という役目に相応しい。わたし、本当は、こう思っていたの。つまらない話は聞きたくないのよって。

つまらない話。それは、わたしの夫、沢口太郎に近寄ろうとする女に関する情報。十歳年下の太郎に出会ってから、十七、八年になるだろうか。女がらみの話は、もう飽きるほど聞いた。

平気だった訳じゃない。そのたびに心はざわめいた。自分の中に、穏やかじゃない部分がいくつも潜んでいるのを知るのはつらかった。あまり楽しくはない発見も多かった。

たとえば、年齢のこと。昔は、年下の男と付き合うのに何の引け目も負い目もなかった。尊敬され、頼られたりするのが嬉しかった。まかせなさい！　と姉御肌のように振る舞うのが格好良いと思っていた。でも、それは、自分も若かったからなのね。

そろそろ籍入れようか、と出会って五年ほど経った頃に太郎に言われ、その静かなプロポーズにしみじみと幸福を嚙み締めた。そうしたら、その直後に彼は言ったのよ。

「喜久江ももう年だもんなあ」

年、というのは、年寄と同じ意味なのは解る。でも、太郎がそういう言葉を持ち出す類の男だったなんて意外だった。わたし、その時、まだ三十路なかばを過ぎたばかりだったのに。心の中に、たちまち嫌な雲のようなものが湧き上がったけれども、この若造が！　などと思ったりはしなかった。彼は、わたしにとって、年齢なんて意識したこともない、存在しているだけで心惹かれる男の人だったから。

後々、咎めるようにして、あの時の思い出話をした時、太郎は、きょとんとしていた。

「もう年だって確かに言ったけどさあ、年取ってるって悪いこと？」

「そういう意味じゃなくて、年取ったから結婚してやらなきゃ、みたいに聞こえたから」

あー、と言って、太郎は続けた。

「確かに年取ってるのを悪いと思ったことはないけど、時々、ちょっと可哀相って感じる。籍を入れようって提案した時も、そんな感じだったかもしれない」

「……何、それ……」

「同情とかそんなんじゃないよ。老いて行くって心許ない気持になるだろ？　そういう時、何か御墨付きのようなものがあったら安心かなと思って」

「……老いるって……わたし、まだ、そんな年齢《とし》じゃありません！」

太郎は、しばらくの間、笑い続けていた。わたしがにらみ付けているのに気付き、ごめんごめんと言って真面目な表情を作ろうとして失敗し、再び笑い出した。

「喜久江」と太郎は呼んで、わたしを抱き寄せた。

「おれ、年取って、ちょっと可哀相な喜久江が好きなんだよ。だから、若くって馬鹿なおれのことも好きでいてよ。これからも一生仲良くやって行こう？」

うん、と頷いた瞬間に、わたしは腹を決めた。もう乗りかけた船だもの。何があろうとこの人を支えて行く。

自分が、これまでで一番強い人間になっている、と確信した。力が湧いて来た。この人のために強くあろう、と心に誓った瞬間だった。ゆるぎない私自身になるために精進しようと思った。何に？　仕事にだ。

あれから幾星霜。出会った頃、美大生だった太郎はイラストレーターになった。細々とした仕事をこなすだけのあまり売れていない彼だけど、それでもたまに雑誌の隅っこで絵を見かける。そんな時、わたしの胸は温かさで覆われる。すっごく良い絵じゃないか、と感心してしまう。第一、変に媚びていない。大衆におもねったりしないのは、芸術家たる証じゃないかしら。

そんな太郎のアーティストとしての姿勢を変えさせたくないと切に思い、わたしは仕事にまい進したのだった。だって、才能を腐らせるのは生活上の苦労でしょう？　それをさせないためには、わたしが稼げば良いだけの話。

そうして、ただの料理好きの食品会社勤務の女だったわたしは、人気料理研究家になった。最初は、会社のホームページや広報誌に料理レシピや簡単な文章を載せていただけなのに、いつのまにか引っ張りだこになり、時間のやりくりが付かなくなって会社を辞めた。そして、「きくえさんのほんわかレシピ」なんてものを自由気ままに考案していたわたしは、今や沢口喜久江先生なんて呼ばれてる。でも、偉そうになんて決してしない。だから、あんなに有名なのに腰が低い先生と思われている。そして、愛情深い料理を作るあったかい理想のおかあさん像だと憧れの目で見られている。

けれど、本当は、自宅のサロンで料理を教えている最中に、あー、もうずい分太郎さんのおちんちんを口に入れていないなあ、などと考えているのだ。きっと、どこかの見知らぬ女が舐め回したりしているんだろうなあ、などと思い付いて、そこはかとない悲哀を味わったりしているのだ。

見知らぬ女なら、まだいい。具体的に思い描けないから。でも、見知った女なら？　そりゃあ恨めしい。血が滲むほど唇を嚙み締めたいくらいに口惜しい。けれども、そう感じた直後に、諦めるべく必死になる。仕方ないのよ、と自分に言い聞かせる。だって、わたしは古いから。

そんなことを言うと、年齢を重ねるという慶事を古いなどとはけしからん！　とお叱りを受けそうだから断わっておくけど、わたしは、決して、年を取った人間が古いと思っている訳ではないの。

太郎にとって、わたしは古い、という意味なのよ。どうがんばっても、彼にとって、わたしは新鮮ではない。未知の部分がないということ。安心を与える存在であるのと同時に、興奮や驚きもない。わたしは、もう、あの人の初物にはなれない。たとえ、新しい年が巡って来ても。

初物はいいものよ。もちろん、旬のものもいい。でも、食べものと違って人間の場合は、初物を自分の体で育てて旬の味にするのが醍醐味。わたしと太郎の関係において、その工程は、とうに過ぎている。寝かせれば寝かせるほどおいしくなるものもあるけれど、男と女の場合、熟成すればするほど、そこから肉体の生々しさは飛んで行くような気がする。

食べられるほど新鮮な生肉は旨い。そして、私の体は、もう、そうじゃない。少なくとも太郎にとっては。見知らぬ男にならば、ドライエイジングの味わい深い肉として提供出来るかもしれないけれども。

しかし、救いがない訳ではない。男と女が出会った当初は、誰でも初物。年齢に関係なく存在自体がフレッシュだ。それこそ身も心も。そこは人類平等。問題はその後だ。誰もが初物のままではいられないということ。自ら腐って行くのか。それとも相手のフレイヴァを御伴にヴィンテージの関係を目指してみるのか。わたしは、取りあえず後者を選択してみたの。何だかんだあろうとも、わたしは、太郎の「やみつき」になりたい。

太郎に女の影が付きまとうのは、もう仕方がないと思っている。あんなに調子が良くて、いい加減で、それなのに可愛気がある男の人なんて、滅多にいない。飄飄《ひょうひょう》としたたたずまいは、とてつもなく魅力的。世の中のしがらみなんて軽く受け流すような風情でいながら、実は、自分の中に確固としたモラルを持っている。それに反する行ないをしたら罪悪感にさいなまれるという潔癖さ。ちなみに、彼の罪悪感は、貞操観念のためには働かない。

お互いに、すっかり慣れたと感じたあたりから、あの人は、他の女と平気で寝るようになった。でも、そのことに重要性などまるで感じていない様子。まるで、犬がマーキングするかのよう。

色々な女がいたみたい。わたしの知るところでは、先生の大ファンなんですう、と近寄って来た女たち。まあ、男まで共有したいほど好きでいてくれるのねっ、嬉しい！　などと、もちろん喜ぶ筈もなく、ただただ呆気に取られた。

いつも微笑みを浮かべているからといって、怒らないとでも思っているのかしら。それとも、ばれる寸前まで行ってばれないというスリルを楽しんでいるのか。人の夫に手を出す女は、自分だけは大丈夫とタカをくくって好き放題する。そして、奥様に申し訳ない、と男の前で自分の良心をアピールしたりする。嘘つき。百歩譲って、本当に良心の呵責を覚えていたとする。でも、それ、前戯の一種よね？

優しいおかあさんのよう、と人は言う。でも、そんなわたしにも、仏の顔は三度までという主義がある。人の夫と三度以上やったら承知しねえぞ、こら。切る。つまり、わたしの方から遠ざかる。その後は知らんぷり。元々、わたしのファンを標榜していた女なら、慌てふためく。探りに来たり、御機嫌を取ったり、センセェ〜と甘えて来たり。でも、もう知らん。天下の沢口喜久江を舐めるんじゃない！

そういった理由でわたしに相手にされなくなった女の中には、唯一の取っ掛りと思うのか、逆恨みのせいなのか、はたまたうっかり本気になってしまったのか、往生際悪く太郎にしがみ付こうとするのがいる。

でも、御生憎様《おあいにくさま》。わたしとの共有を目論んだり、スリルを味わおうとしたりする女に、太郎は何の思い入れも持たない。面倒臭くなりそうだと感じると、すぐに連絡を絶つ。そういうつもりではなかった、というのが、たいていの場合、彼からの最後の言葉になるようだ。

何故、わたしがそんなことを知っているかというと、その種の女たちの中でも、とりわけ質《たち》の悪いのは、御丁寧にも伝えに来るから。

「私、先生の御主人と付き合ってましたから」

ふうん、と思って聞いていると、どんどん気持が昂って来るのか、次第に声が上擦って来て、仕舞いには泣き出したりするのだ。わめく者もいた。何てみっともないこと。太郎が欲しかったのは、真性のラヴアフェアであって、それ以上でもそれ以下でもないのよ。

「あんまりひどいんで、先生にばらしてやるからって言ったんです」

へええ、とわたしは、またもや受け流す。

「そしたら……」

ここで、ほとんどの女がしゃくり上げる。

「そしたら？」

「あ、そお？　って」

つい、わたしは噴き出してしまう。太郎らしいなあ、と思って。いつも風に吹かれるまま、ノンシャランに振る舞う男。

「私って、太郎さんにとって、なんだったんでしょう、先生！」

「うーん、だから、その答は、風に吹かれているのよ」

「はい？」

ボブ・ディランだってば！　これだから若い娘はやんなっちゃう。

曖簾に腕押しという言い回しが相応しいかどうか解らないけれども、わたしの反応を見ている内にそんな気分になるらしく、最初息巻いていた女に限って拍子抜けしたように退場する。さようなら。

わたしは、もの解りの良い出来た妻。年下の夫の火遊びなんて、すぐに許して忘れてしまう……訳はない。あんなチャーミングな男だもの、女が近寄って来ても仕方ないとは思うものの、生理的な不快感は常に伴う。他の女が使ったタンポンを一番身近な男が股間にぶら下げているのを黙認するような、そんな気持。もう何の屈託もなくセックスは出来ないだろうなあ、と悲しくなる。わたしの大事なものは、とうの昔に奪われてしまったのだ。寂しい。けれども、軽いラヴアフェアで通り過ぎて行った女たちが、わたしと太郎の関係に亀裂を入れることはもちろん、問題を投げかけたりなんかしない。わたしたちは、長年連れ添ったセックスレスの仲良し夫婦。

そんなゆるぎない筈の二人だけれど何度か危機はあった。それは、太郎が相手の女に執着してしまった場合。彼は、女に言い寄られて自分の生活のペースを乱すということは滅多にない。けれど、彼の方から相手を本気で好きになってしまったら、これはしつこい。心、ここにあらずになる。

結婚してから三回ほどあったと思う。そのどれもが結局は上手く行かずに消滅した恋ということになるが、終わった後、しばらくの間、太郎は傍目《はため》にも悟られるほど意気消沈していた。

わたしだって、そんな太郎を見るのはつらかった。問い質すこともせず、知らん顔をして気をもむ自分を本当に憐れだと思った。隠し通せていると信じている彼がとてつもなく愚かに見えた。物思いに沈む様が、まったく似合わない男だから、彼に何事かが起きているのは、すぐに解った。その何事か、というのが女との問題だというのも。

夫が、そんな苦境に立っている時、わたしは必死に耐えている。ただ、我慢あるのみ。そして、料理を作る。それしか平静を保つ秘訣はない。ものすごい集中力を発揮しながら仕事に取り組む。でも、絶対に笑顔は絶やさない。すると、色々なことが好転し、忍耐の積み重ねで作り続けたわたしの料理は、成功を呼び込み、名声もちょこちょこと後を追いかけて来た。

そして、太郎がお気楽さを取り戻した時、わたしの仕事人としての足場は、ますますしっかりと固まり、何事もなかったかのように彼を迎え入れるのだ。

「太郎さん、今晩、何食べたい？」

「カレー。面倒臭いスパイスとか入ってない普通の」

「はいはい」

そんなふうに鈍感な妻の振りをして、わたしは、沢口喜久江の技術を駆使して、数ランクレベルを落とした素人さんのカレーを作ってやるのだ。面取りしていないじゃが芋の角が市販のルーに溶け込んでトロ味を増したやつ。下手に隠し味を入れたりなんかしない。各メーカーのスペシャリストが一番、万人向けの美味を追求したカレールーだもの。これを使う場合は下手に手出しをしない方が身のため。わたし自身が、そういう現場の話を聞かされて来た身だからよく解る。でも、素人さんに限って、我家のオリジナルを作ろうとして失敗する。凡庸に甘んじるって、とても重要なことなのよ。とりわけ男の舌を攻略したい場合にはね。おふくろの味っていう言葉があるじゃない？　そんな言葉に執着する男なんて選んではいけない、と山田ナントカっていう女の作家が書いていたけど、全然解ってない。

男は、おふくろの味が好きなのだ。ただしそれは、現実のおふくろの作るものと同じとは限らない。自分なりのノスタルジーを喚起させる味。それは、飲み屋のママによるものもあれば、定食屋の主人が振るフライパンの中にだって存在する。

けれども、わたしが作るのは、そういう人たちとは一線を画している。だって、わたしは、優しく客を労る「ママ」でもなければ、単なる料理人でもない。常に食を考察する料理研究家なのだ。

わたしの作る「おふくろの味」っぽいものは、足したり引いたり工夫したりをくり返した研鑽のたまもの。完璧な凡庸を創り上げようとした努力の結果。

そもそも、子供のいないわたしには、永遠におふくろなんて呼ばれる未来はやって来ないし、呼ばれたいとも思わない。言ってみれば、おふくろの擬態に長《た》けて、その味を創るプロ。食べた人は、ああ、何だか懐しいと思う筈。でも、それこそが、わたしによって与えられたヴァーチャル・リアリティなのよ。

　わたしは、人のニーズに合わせて、色々な味のカレーを作ることが出来る。本格的なインドカレーはもちろん、それのさらに上を行く、もう何風だか何式だかが、どうでもよくなるような極上の味のものとか。でも、極上は、なかなか凡庸とは相容れないもので、好き嫌いは別れる。

　この間も、極上カレーのレシピを実践していたら、助手の田辺智子が炒っている最中のクミンシードの匂いを嗅いで言った。

「先生、なんか、これ、臭くないですか？」

「そお？　フェンネルの種と同じくインド料理には必須なんだけど。あちらでは、そのままビールのつまみに出て来たりするのよ」

「えー、でも、こうして炒って香りが立って来ると、これって……」

　その時、ひょいと顔を出した和泉桃子がうっとりと目を閉じて言った。

「あー、めっちゃ良い匂いー。いい男の腋の下の香りしますねー」

「えー、桃ちゃん、変な趣味！」

　田辺智子が、呆れて桃子の顔を見る。

「あれー？　智子ちゃんは思ったことない？　スパイスって色々あるけど、どれも男の人の体のどこかの匂いしない？」

「そんなこと思ったこともないよー！　あーん、これからクミンの匂いで、男の腋臭《わきが》を連想することになっちゃうよ。あんたのせいだからねっ！」

「ばーか。腋臭じゃなくて、腋の下！　こういう香ばしい匂いがするんだよ、マイケル・B・ジョーダンとかは、さ」

二人の助手の会話を聞いていたら懐しい名前が登場したので、わたしも割って入ってみた。

「懐しいわね、マイケル・ジョーダンなんて。あんまり詳しくないけど、わたしの若い頃、オリンピックに出てたの観たけどすごかった。ＮＢＡのスターばかりのメンバーで、ドリームチームって呼ばれてた」

わたしの話に、二人は顔を見合わせて、ほんの少し困惑したような表情を浮かべた。しかし、すぐに桃子が取るに足らない話題だというように、笑い出す。

「やーだ、先生。バスケットボールのレジェンドの話じゃなくて、俳優ですよ、アフリカ系の。先生も『ロッキー』、御存じですよね。あのシリーズの続編の『クリード』とか、『ブラックパンサー』の敵役を演った人です。すっごくセクシーなんだから、ぜひ観て下さいよっ」

「腋臭がクミンシードなのね？」

「やーだ！　腋の下の高貴なフレイヴァが、ですったら！」

あなどれない、と思う。そして、いい子だ、とも感じる。和泉桃子は、初めて会った時から気を引く子だった。何しろ、頭の回転が速い。今だって、こちらに年齢差を気にさせる前に話を冗談めかしてまとめて見せた。

秘書の並木が言ったのを唐突に思い出す。先生、気付いてます？　和泉桃子と太郎さん、二人きりで会っているみたいですよ。

太郎のレンズを通して、改めて桃子を見てみる。長いこと彼の趣味嗜好を優先順位の第一位に置いて生きて来たわたしには、それが出来る。はたからは解らない「太郎眼鏡」のようなものを隠し持っていて、必要に応じてささっと掛けるのだ。

今もそうしてみた結果、なんかやばいかも……と思う。きりりとした印象の桃子には、常に涼しさが漂っているような気がする。切れ長の一重瞼は愛用しているパールの入ったダークグレーのシャドウと相まって、ともすると冷やかな印象を与えるが、あれが流し目に使われれば、絶大な効果を発揮するだろう。

本人、自分の容姿については充分認識しているらしく、努めて三枚目を演じて外見と内面のギャップを強調して見せる。ただ者ではないわね、とたまに舌を巻いてしまうの。ここぞという時には、毅然とした態度を取るから頼りになるし……いい女じゃん、すげえ、おれ好み……と太郎眼鏡がわたしに告げる。

不安がよぎる。もし、二人の間で何か非日常な感情が芽生え、育ち始めていたら……と思うと、胸の奥に重苦しい雲が広がって行く。これを人は、疑心暗鬼と呼ぶのだろう。

非日常は、日常よりも強烈な魅力を備えているから、それを味わってしまった人は、目くらましに遭ったのも同然。

読書とか、映画とか、旅とか、非日常に使われるものは色々あるけど、すぐに日常に戻って来て目が覚める。でも、恋は、時々、そうじゃない。本気と思い込んだら最後、なかなか日常に戻れない。それまでの日常を壊すほどの力を持ってしまう場合もある。でも、そうやって猛威を振るった非日常だって、やがて、新たな日常に取り込まれてしまうのに。

妻って、日常なんだなって、つくづく思う。そして、その日常のありがたみを夫という人種は全然解っていない。わたしがいなくなったらどういう気持になる？　って、太郎に聞いたことがある。そしたら、彼は、こう言った。

「そりゃ困る。喜久江がいなかったら、滅茶苦茶、不便」

「……不便……何が不便なの？」

「色々。あ、食生活とか？　おれ、喜久江の味に、いつのまにか慣れちゃったし」

慣れさせるために、こちらは、どれほど創意工夫をこらして来たことか。あんたが慣れちゃった味は、プロの技術の粋なんだよ！　とは、もちろん口には出さないがそう思う。

この男は、わたしに餌付けされている、といい気になれないのは、本当は彼にとっては味なんかたいして重要じゃないのかも、と感じてしまうから。妻が料理研究家であるのを便利に思いながらも、それを重要視している訳ではないのだ。

おまえといると居心地良いんだよなあ、とくつろいでいる時に言われることがある。おまえ、という呼びかけが年上の女房であるわたしには、とてつもなく嬉しい。太郎は気分の良い時にしか、そう呼ばない。

いつだったか偶然、わたしがそう呼ばれているのを聞いたバイトの子が憤慨していたっけ。

「いいんですか？　先生にあんな口を利いて。おまえなんて呼ばれたら、私だったら我慢出来ませんけど！　女を馬鹿にしてる」

そう向かっ腹を立てて、鼻息を荒くしていたけど、わたしは鷹揚に受け流した。まあまあ、悪気のない人なのよ、と。でも、本当は心の底でこう思っていたのだ。解ってないのね、小娘は、と。

親密な関係を長く続けて来た男女には、独自のルールが作られているのだ。世の中の規範とかモラルなどとは、まったく関係のない極めて個人的な決まり。そこに互いの了解があれば何でもあり。男女同権なんて馬鹿みたい。そう肩をすくめながら、わたしは太郎を甘やかして来た。他のどの女にも出来ないやり方で。でも、彼の方は、甘やかされてやっている、と思い続けて来たのかもしれない。甘やかし、甘やかされ、それがわたしたち夫婦の日常の味になる。

たまには日常から脱したい？　どうぞどうぞと思う。旅先のもの珍しい味は、さぞかし新鮮だろう。でもね、旅は必ず終わるものなの。休暇が終了したら否応なしに戻って来なくてはならない。この、慣れ親しんだ日常に。

　けれども、もし、太郎が選んだのが旅先ではなく移住先だったら？　想像しただけで胸苦しさに襲われる。どうか、相手の女に捨てられて欲しい。そして、傷心を抱えて、わたしの許に戻って来るのだ。これまでだって、そうなった。捨てられたのか、捨てて来たのかは知らないが。願わくば、後に忘れがたい思い出として残るような良い別れ方などして欲しくない。ずたずたになれ。そうしたら、温かいスープで労をねぎらってやる。

「心にもないこと言っちゃってえ」

　休憩時間に、何人かで焼き菓子の試食を兼ねてお茶を飲んでいた時のことだ。点けっ放しにしてあったテレビに女性タレントが映っていた。妻子ある実業家と恋仲になってしまい、その釈明会見が開かれていたのだった。洗練されたライフスタイルとやらを標榜している料理研究家のところはどうだか知らないが、わたしのスタジオやサロンでは、休み時間は、自由。ワイドショーを観ながらお喋りに興じても良いことになっている。

「だいたいさあ、これ、誰に向って謝ってるんですかねえ」

　和泉桃子が言う。すると、田辺智子が納得しないで反論する、というのはいつものことだ。

「世間様をお騒がせしてごめんなさいってことじゃない？」

「世間って、様を付けるようなもの？　智子ちゃん、変！　世間様を気づかっても、あっちは何もしてくれないよ？　妻子ある人を好きになっちゃって、ごめんなさい？　ばっかみたい。私たちみたいに、おもしろがってながめてる人ばっかなのに」

「でもさー、桃ちゃん。私だって、もし今の彼氏と結婚してさ、何年か経って、若い女と不倫されたらやだもん。謝れーって気になると思うよ」

「どっちに？　女に？　それとも彼に？」

「そりゃ、どっちにもだけどさ。女の方が悪いに決まってるから、より多く頭を下げてもらいたい」

「は？　なんで？」

「うーん、身びいき？」

桃子と智子は、そこで顔を見合わせて、げらげらと笑うのだった。どこまでも、お気楽な女たちだと思う。結婚の重みなど、まるで解っちゃいないのだ。

「この相手の実業家っての出て来ないけど、そもそも、どうしてスキャンダルになったんでしょう」

長期休暇を取っている助手の長峰の代わりに入った亀井恵《かめいめぐみ》が言った。

「男の奥さんが、週刊誌にぶちまけたんですよ。悲痛な訴え、とかいって、かなり派手な記事になったみたいで」

智子が教えると、自らを平凡な主婦と公言している亀井は、あらー、と両頬に手を当てた。

「よっぽど腹に据えかねたんですねえ。男なんて浮気する動物と解ってる筈なのに。だんなの方も良くないですよね。浮気は、あくまで隠し通さなくっちゃ！　それが礼儀ですよ。ばれなきゃなかったことになるのに」

「そうでしょうか」

亀井の言葉に、桃子が反応した。反論するかと思いきや、そのまま流してしまうようだった。でも、わたしは見逃さなかった。桃子の唇のはしに冷笑めいたものが浮かんだのを。この子、一瞬の間に、亀井恵を馬鹿にしたわ。平凡な主婦代表を自認する目の前の女を。

亀井は、桃子の微妙な変化に気付く筈もなく、続けて言った。

「体の浮気は許せても、心の方は許せませんよねえ。きっと、この女性タレントに入れ込んじゃったんでしょうね」

「えー？　私、体も嫌だなあ。桃ちゃんは？」

智子が桃子に尋ねた。うーん、と考えて桃子は答える。

「そうだなあ……人によるかな」

「それ、どういう意味？」

「ほら、隙間家具みたいな男だったら、浮気されようが何されようが、ぜんっぜんオッケーだけどさ、本気の人には、全身全霊で私のこと愛して欲しいっていうか……」

「何？　隙間家具って、どういうのよ、桃ちゃん、おもしろいこと言うね」

智子の追及に、ばつの悪そうな笑みを浮かべて、桃子は答えた。

「ほら、大きいメインの家具とか配置した時に、隙間が出来ちゃうことってあるじゃない？で、なんか落ち着かないから、そこを埋める便利家具とか、百均で売ってるやつ買って来て置いちゃったりするじゃない？」

「あー、私も、この間、ダイソーで引き出し式の隙間家具、買った！」

「ね？　そういう男」

亀井が呑気に笑い出した。

「今の若い人って、大胆なたとえ方するんですねえ！」

そういう亀井も、桃子や智子といくつも違わない。年齢の問題ではないのよ。男女関係のモラル基準を作るのは。

で、太郎はどっち？　とわたしは声に出さずに問いかける。隙間家具なの？　そうではないの？

「先生、このフィナンシェ、最高ですね。御主人のとこに届けましょうか」

桃子の提案にこう思う。もしかしたら、この女、血も涙もない？

chapter 3

husband

夫

テレビを点けたら、料理研究家の妻が出演していて、若い女性アナウンサーを助手のように使いながら、鍋にあれこれとぶち込んでいました。

「さ、この辺で味見をしてみましょう」

促されて、アナウンサーは、差し出された手塩皿に口を付け、大仰に目を見開いたのです。そして、感に堪えない、というように言ったのでした。

「はあ……なんという良いお味でしょう」

「ね？　おいしいでしょう？　素材自体から旨味が滲み出るから、手間をかけてブイヨンを取る必要がないのね」

「私、今日、家に帰ったら絶対に作ってみます」

「そう？　御家族、喜ぶわね。スープは絶対に人の心をなごませるもの。だんなさんも良い奥さんもらったって喜ぶんじゃないかしら」

げ、と思いました。おれの妻の沢口喜久江は、いつもこういう言い方をするのです。奥さんをもらった、とか。もらう、もらわれる……物じゃあるまいし。しかし、驚いたことに、世の中の人々は、彼女のような女が口にする場合、何も不自然に感じないでするりと受け入れてしまうようなのです。これが男の評論家とかだったら、妻をもらうとは何だ！　もらうとは……と、難癖を付けるフェミニストが出て来そうなものですが、物腰柔らかなおふくろタイプの女が口にすると、それが道理のように頷いてしまうのです。

　昔、よその家に引き取られる子供を「もらわれっ子」と呼びましたが、差別的な悲しい響きがあり、使うのがためらわれる言葉です。それなのに、妻は良いのか。もらわれ妻でも。こうして、必要以上に苛立ってしまうのは、おれに、奥さんをもらったという意識が欠片もないからでしょう。元々、感じさせてももらえなかったし。

「先生、やっぱり、今でも、男性の胃袋をつかんで離さないって大事ですよね？」

「それはそうよ。古今東西、それは共通のものだと思うわ。男の人は、一度慣れ親しんでしまうと、その味から離れられないものよ」

「わーっ、先生がおっしゃると説得力がありますねえ！　先生が腕によりをかけて作る御料理が、だんなさまとの夫婦円満の秘訣なんですものねえ」

　うえっ。咄嗟にテレビを消しました。この予定調和なやり取りと来たらどうだ。男の胃袋をつかむなんて言い回し、まるでホラーではないか、と思うのです。しかも、そこでにこやかに同調するのが、自分の妻とは。

　喜久江の料理は確かに旨い。味わった人は、皆、非の打ちどころのない手際、そして味です、と言うことでしょう。痒いところに手が届くとでもいうのでしょうか、季節の移り変わり、天気、食べる者の体調、すべてを考慮した上で成り立っている。完璧過ぎないように引き算してあるのも押し付けがましくなくて良い。もう少し食べたいと思わせるから。

喜久江を誉める人は、誰もがそう言うのです。すべてを引っくるめて完璧、と。でも、痒いところに手が届くって、料理に使う言葉か？　おれは常々思っているんです。完璧って、それほど価値のあるものだろうか、と。しかも、足りない部分まで見越した完璧さって……腕のないミロのヴィーナスかよ。

恐ろしいのは、胃袋をつかむなんて文言を平然とテレビで肯定する喜久江が、実のところ、それが必ずしも正しくないというのを知っている節があること。彼女は、おおらかで太っ腹なおふくろのイメージを取り入れているにすぎないのです。本当は、もっとずっと繊細で神経質、いつもあれこれと思いを巡らせては、一喜一憂している。とりわけ、おれという男に関しては。

あの人は、おれの胃袋をつかみそこねているのに気付いていて、どうするべきかと日々画策している。真面目な性格だから、勤勉に考え過ぎる。そして、さまざまな愛情表現を試みるのです。熱い。いや、暑苦しい。おれは、時々、過干渉の親に対峙する息子のような気持になってしまうのです。

別に、大好きとか、愛してるとか、そんな言葉をかけてくれれば充分であるのに、あの年齢だから抵抗があるのでしょうか。いや、こういう言い方をすると、恋人の桃子に叱られるんだっけ、それは、きっと沢口喜久江という人間の作りがそうなっているのかもしれません。愛の言葉の代わりに、具体的に尽くしてくれるのです。

　不言実行で世話を焼こうとする。おれ、有言無行でも良いのに。別に、それで充分に生きて行ける。あんなにも手のこんだ弁当。確かに嬉しいけれども、たまには空の箱にハートを描いた紙切れ一枚を入れるだけにして欲しい。たとえですが。拍子抜けって重要じゃないですか。男女の間には。それがないと息が詰まる。息が詰まるのが続くと呼吸困難になる。呼吸しないと死んじゃうんですよ？　人間は！

　喜久江と出会って付き合い始めてから、ずっと綺麗で温かな水の中にいるような気分です。何の不自由もなく、ゆらゆらとたゆたうように生きている。他人の目にもそう映っていることでしょう。ありがたいことです。妻には感謝してもしきれない。

でも、それだけ。あれこれと世話を焼いてもらい、確かに、おれの人生は喜久江のおかげで非常にスムーズに進んでいる。だけど、必要以上にありがたがったりしない。負い目に感じたりすることもない。だって、その方が彼女に失礼だと思うから。

　喜久江のおれに対する愛は無償のものだと信じている。だから極めて自然に受け取ることにしているのでした。したいからする、という妻の夫への欲望を尊重しているつもり。

　それなのに、時々、外野はうるさい。あんなに尽くされているのに、太郎さんたら、ひどいんじゃないですか？　などと喜久江に注進する奴がいるのです。まあ、だいたいそれは、お節介な道徳心を抱いて、告げ口を親切と勘違いしている輩であり、本当に彼女を心配している訳ではないのです。他人のプライヴァシーに自らの正義の基準を当てはめて眉をひそめる連中……そうです、テレビで芸能人の不倫とやらを見咎めて大騒ぎをする種類の人間たちです。おれ、ほんと、嫌い、ああいうの。

御主人の太郎さん、井の頭動物園の猿山を女と身を寄せ合いながら、長いことながめていましたよ、とか、下北沢を散歩していた太郎さんと女が代田の信濃屋に寄って、高級ワインの置いてあるセラーにこもり切りになってましたよ、とか、北区赤羽を描いた漫画本をガイドブック代わりに、あのあたりの昼飲み処を太郎さんと女が探索していたようですよ、とか……たれ込み……なのか。

人から聞いたその種のことを、喜久江は冗談めかして、おれに伝えるのでした。それは、決して、多過ぎず少な過ぎずという回数で、しかも適度な間隔を空けて、こちらにもたらされるのです。やんなっちゃうわよねえ、皆、口さがなくて……と笑いながら、本人気にも留めていない、という調子で。

その絶妙な間合いから解るのです。はあ、結構、気に病んでんのかもなーって。喜久江という女は、決して、こちらを問い詰めて窮地に陥れることなどしないのです。何故なら、おれを愛しているから。でも、間違ってんだよ！　愛し方！　いや、しかし、ありがたいことです。間違ってんのは、こっち。

「太郎さんはねえ、根っから自由な人なのよ」

情報提供者に、こんなふうに、微笑みながら言っているのを耳にしたことがあります。

「芸術家って、そんなもんなんじゃないかしら」

……面映《おもはゆ》いとはこのことか。止《や》めてくれよーと出て行って遮りたい気持でしたが、こらえました。喜久江がなかば本気でそう思っているのを知っていたからです。不意打ちのように姿を現わし、おれは芸術家なんかじゃねえ！　ただのちんぴらだ！　風来坊だ！　と宣言することも出来ましたが、妻に恥をかかせる訳には行かない。おれも、妙なところで気をつかっているんだよなあ、と新たな発見をしたような気になるのでした。それに「風来坊」なんて言葉を用いたら、また彼女に余計なロマンを感じさせることにはならないか。

こうした夫婦のエピソードを、興味津津になるでもなく、かといって気を悪くするでもなく、桃子は淡々と聞くのが常でした。時々、あなた間違ってるよ、とか、先生、かわいそーなどと合の手を入れたりもするのですが、たぶん、他の夫婦に関する話でも同じように反応したでしょう。つまり、過剰な思い入れなしに、話をそのままの状態で受け取るのに長けた女なのです。桃子、いい。

それが、ひとたび向かい合い、目と目を合わせ距離を縮めて行くと、とてつもなく熱くなる。まるで、この世に自分たちの事案しかないような感じ。

「私、キタローと会っている時は、この世界にキタローと自分しかいない、ぐらいの気持でいるからね」

おれを「キタロー」と呼び捨てにするのは、この桃子ぐらい。そう呼ばれると、惰性で流れて行く日々の生活から、三十センチくらい体が宙に浮く感じ。本名は、沢口太郎。なりわいはイラストレーター。人気があるとは言いがたいけど、そこそこ売れていて、仕事の際にはキタロー・サワグチというペンネームを使っている。いや、一応、絵描きだから雅号というのか、いやいや、ちっとも雅びではないので、別名ということにしておきます。

その別名で、桃子は、おれを呼ぶ。そして、おれは「モモ」と。水木《みずき》しげる先生の「鬼太郎」とミヒャエル・エンデの「モモ」みたいで、我ながらいいなと思うんです。ファンタジー名で呼び合うおれたちは、夢見心地のラヴストーリーの登場人物のようです。

「キタロー、それ、マジで気持悪いから」

冗談ですよ。

恋に過剰に酔うのは恥ずかしいことだ、と桃子は言う。でも、酔わずにはいられないのも、また恋である、と。そこが、ただの情事とは違う点だと主張するのです。

情事か……なんか、すごくクールで洒落た言葉です。おれの体を通り過ぎて行った情事……自分で自分を許してやりたい。そういう気分になります。言い替えれば「女とやった」ってことなのですが、そちらより余程文学的な香りが漂います。どうでもいい女と散々やって来ちゃったおれだけど、桃子は、そんな男に「情事の達人」という称号を与えてくれたのでした。お世辞だとしても嬉しいよ。

そして、おれをそういう自己発見に導いてくれた当の桃子は、単なる情事の相手ではなかったのでした。

初対面では、おお、おれのまさに好みではないか、と浮ついた気持で仕事場に引き入れ、ついでにどうぞと愛妻弁当に見せかけた豪華夕めしを勧めたのですが、食べ終わる頃には、桃子に対する印象は、すっかり変わっていたのです。この女、一筋縄では行かないかもしれない、と。心の中で、こっそり謝りました。すぐにやれるかも、なんて思ってごめんなさい。そして、膝を正して彼女に向き合うべきだ、と決意したのです。結局、すぐやっちゃった訳ですが。

桃子は、沢口喜久江の本物の信奉者で、おれは、そういう女たちを見慣れていました。けれど、彼女は、そのどの種類の女たちとも違っていました。

喜久江の夫であるおれに対して、おべっかを使うでもなく、ライバルを出し抜いてより親しくなろうとするでもなく、ましてや尊敬する先生と男を共有しようなどという目論見はつゆほどもなかった筈です。

ただ、おれに対する好奇心は、ものすごい勢いで膨らんで行ったと後に打ち明けました。先生の夫であるおれ、に対してではなく、ただそこにいた、おれ、に。先生への尊敬の気持と、その夫を略奪する後ろめたさは、これっぽっちも関係していないのだそう。

「ほら、私って実存主義だからさ」

と、少し得意気に言ってみせた桃子。全然意味解んねーっ!! でも、可愛い。

二人の初めての夕めしが終わりかけた頃、お茶をいれてくれた桃子がふと気付いたように尋ねました。

「あれ？ おいなりさん、ひとつ残ってるじゃないですか」

「うん、おれ、もういいから、きみ、食べなさいよ」

はいっ、と元気の良い返事をして、桃子は稲荷寿司を口に放り込み、目を閉じてゆっくりと咀嚼したのでした。そして、こくんと飲み込み、はあーっと満足気な溜息をついたのです。こんなに旨そうにものを食う女、見たことない、と思い呆気に取られました。

「そんなに旨い？」

意外なことを聞く、と桃子は目を見開きました。

「当り前じゃないですか。沢口先生の作った稲荷寿司ですよ？ この素朴に見えて、実はプロの技を惜し気もなく駆使したかやくごはん！ 甘めに煮たおあげの隠し味に何を使ってるか御存じですか!?」

桃子の勢いに思わず気圧《けお》されてしまいます。

「い、いや、知らん」

「最高級の沖縄の黒糖と、もち米水飴ですよっ。特に水飴は信州上田のみすゞ飴のものなんです。二日がかりで職人さんが付きっきりで仕上げる完全手造り！」

「ああ、そう」

「ああ、そうって……力抜けるなあ、もう！」

桃子は、ありがたがることもせずに喜久江の作るものを食べているらしいおれに、しばらくの間、ぶつくさ言っていましたが、やがて沈黙してお茶を啜るばかりになりました。気を悪くさせてしまったかと思い、彼女の表情をうかがいましたが、そうでもないようです。

「あのう、御主人って贅沢ですよね？」

桃子が再び口を開きました。そうら、来た、と内心思ってがっかりしたのです。喜久江の信奉者を自認する女共は、こういう時、決まってこう言うのです。

「先生の料理の価値を解らないまま、当り前に口に入れてるなんて、ひどーい！　贅沢過ぎる！」

と。ところが、桃子は言ったのでした。

「どんなにおいしそうな稲荷寿司を目の前にしても、少しも動じることなく女の品定めを優先してるんですから」

ばれてました。

「この場合、私も意思表示をきちんとしなくてはならないでしょう」

そう言って桃子は立ち上がり、テーブル越しにいるおれの許に回り込んで来ました。

「単刀直入ですが、失礼します」

そう言って、あろうことか、おれの股間に手を伸ばしたのです。そして、ゆっくりと揉みしだいた。一瞬、何をされているのか解らず混乱したおれでしたが、事の次第が見えて来ると、桃子の指や手の平の当たる部分が、じんわりと熱を帯びて行ったのでした。

うっとりとしながら、心の中でひとりごちました。やっぱ、胃袋をつかまれるより、ちんぽ、つかまれる方がはるかにいいわ、と。いや、しかし、それにしたって、単刀直入にも程がある！

この時のことを思い出すと、一年経った今でも、桃子の早技に感心してしまうのです。電光石火っていうの？

「私は自分の欲しいものが何かをよく解ってるからね。ピンと来たら、すぐに行動に移すことにしているの」

「へー、それで間違えたりしないの？」

「するよ」

「するのかよ！」

「この顔にピンときたら１１０番っていう警察のポスターってあったじゃない？　直感って瞬間的なものだから、良い人と悪い人を見誤ってしまうこともあるのよ。運命の男！　と感じたら、犯人だった、みたいな？」

「もし、本物の運命の男が犯人でもあったら？」

「それはそれで、ドラマティックじゃない？」

そう言って、おれの膝の上に乗って来た桃子、もう愛さずにはいられない、好きにならずにはいられない、と思った。全然好みじゃなかったエルヴィス・プレスリーやサザンオールスターズを唐突に歌い出したくなった。そうかあ、ラヴソングって、こういう気持のためにあるんですね、とようやく理解した次第。

それまで、自分と女との間に生まれ膨らんで行く性的な欲望に、どんなやり方で着火させようか悩むことに、結構な時間をさいて来た。そして、それが、男女関係の楽しみのひとつでもある、と思おうとしていた。でも、痩せ我慢だったのかもしれません。本音を言えば、早くやれた方が良い。

そう言うと、桃子は、いえいえいえ、と手を首の前で振って否定するのです。

「その痩せ我慢が、快楽を高める奥義のひとつでもあったりする訳よ。でも、それは、もっと人生経験の豊富な大人たちの話。私たちのような、いまだ一兵卒は手際が大事」

えーっと、一兵卒ってどういう意味でしたっけか。

「一人の兵士のことでしょ？　下積みで働く人のたとえだよ」

「下積みって……おれ、ちゃんと結婚出来てるし、しかも、奥さん、めちゃめちゃ出来てる女だし」

いえいえ、と、またもや桃子は否定するのでした。

「沢口先生が、いくら出来た御方であろうと、あなたは、まだ下積みなんです。研究生ってとこ？　そして、それは、私もおんなじ。男と女のことのみならず、人間同士の機微に関しては、発展途上だと思うんだ」

「そうかなあ」

「うん！　だから、二人で精進して行こうよ」

体の関係を持っても精進と言えるのかどうかは解りませんが、おれは、思わず頷いてしまいました。彼女のペースに乗せられている感じを嬉しく思えるのが不思議でした。たいていの場合、女のペースというのをはなから無視して乱すおれなのに。

罪の意識はないのか、と学生時代からの友人である玉木洋一《たまきよういち》に聞かれたことがあります。彼は美大を出ても、クリエイティヴなんて言葉を鼻で笑い、叶わぬ夢を見たりもせずに、堅実な道を歩み、高校で美術教師の職を得ているのでした。四十になろうとする今も独身で悠悠自適。

「今や本物の日曜画家ってやつ？」

と、かつて抽象の天才と言われた男は、今、休日に散歩をし、心惹かれる瞬間にだけスケッチをする。おれとは全然異なる性格なのですが、何故か気が合って、ずっと付き合いを続けているのです。

玉木の家とおれの仕事場はさほど遠くなく、そのどちらにも近いカフェで、よく落ち合います。そして、取り留めのない話をする。互いに批判することもなく、批評とも無縁でいられる友人の存在は、大人になると貴重です。たぶん、それは、おれではなく彼の人間の出来が良いから成り立っている関係だと思うのですが。

「罪の意識か……これが、あんまりないんだよなあ」

「あんまりないってことは少しはあるんだ？」

その日も、おれたちは、休日の昼下がりにカフェ・カーライルで由無《よし》しごとを語り合いながらなごんでいたのでした。ニューヨークの高級ホテルにあるカフェレストランからその名を拝借したらしいここは、しかし、スノビッシュな雰囲気はみじんもなく、外のオープンテラスは、日がないち日座っていたいくらいにのどかで居心地が良いのでした。

「本当は、床屋談義に相応しい昔風の床屋があると良いのになあ」と、玉木。

「床屋談義って死語じゃないの？　おれたちが子供の頃から、もうそんな床屋なかったよ」

「そうだなあ。昔のアメリカ映画に出て来るみたいな溜り場って憧れなんだけどね」

玉木らしいなあ、と思いました。この男は、いつも、自分の頭の中にある好みの場面に身を置きたがる。おれと二人でくだらない話に興じるのも、その一環だと言うのです。意味がおれにはよく解らないのですが、学生時代からの友人同士なんて、ノスタルジックで良いじゃないか、とのこと。彼には彼なりの美意識があり、それに沿って生きているのでしょう。

「罪の意識なんて言うと、ものすごい大袈裟な感じがしちゃってさ。喜久江に対する悪いなあって気持とは全然規模が違うしなあ」

「規模！」

「うん。昔、風邪ひいたってバイト休んで、実は、女の子と遊んでた、みたいな後ろめたさ。そのバイト先の主人が良い人でさ、いいんだよいいんだよ、沢口くん、一所懸命働いてくれてるんだから、今日くらいは休みなさいって、優しく言ってくれんの」

「それは、申し訳ない気分になるね。いかんね、太郎くん」

「な、おれも、そう思ったよ。でも、別な女の子と付き合い始めた時も、同じ嘘ついて休んだ」

「そして、その次の女の子も、だろ？」

「そうそう」

「何回ずるしてんだよ」

　ふう、と溜息をついてしまいました。

「玉木、おれさ、いまだにその種のずるを続けて来てる気がする。悪党かな」

「いや、小悪党だろう。悪党というほどの存在感を放っていないし。だいたい、刃傷沙汰とか修羅場とは無縁の関係のまま終わるんだろ？」

「うん」

「だから、たいしたことないだろう、だあれもぼくちゃんを恨んだりしないから、すべて有《う》耶《や》無《む》耶《や》に出来ちゃうの……って感じか」

「あー、なんかやな感じ。暗に、おれを責めてねえか」

「暗に、じゃなくて、はっきり責めてんだよ。どうでもいい相手と性欲解消のために寝るのが楽なのは解るけど、喜久江さんの気持を考えたことがあるのかよ」

あー、こいつも案外、当り前のことを言って、おれをなじろうとしている、と突然つまらなくなって不貞腐れてやろうとしたら、こう続けたのでした。

「どうせ喜久江さんにパンツ洗わせてるんだろう？　あの人は、そういう人だ。太郎さんの身の回りの世話は絶対に他の人にはまかせられないって、前に言ってたし。あー、他の女の色んな液体でべちょべちょになったきみのあそこを包んでいた布を洗わなきゃいけない彼女の不快感を想像してみなさいよ。コットン一〇〇パーセントになすり付けられ、じっとりと染み込んだ赤の他人の液体が……唾液とか、分泌液とか、尿とか、涙とか……」

淡々とした口調で、そう言うのです。

「解った！　もう言うな！」

玉木は、表情を変えずにおれを一瞥するのでした。

「刃傷沙汰とか修羅場とかくぐって来たちんちんは清潔なんだよ。転がる石って言うか玉には苔が生えないって言うしな。でもなあ、ただただ野放図に汚して来たもんは、その内腐るね」

「……それ、誰の意見？」

「ぼくです」

玉木は言って、煙草に火を点けました。今時珍しい、止《や》める気などさらさらないスモーカーなのです。

責められているのか、からかわれているのか、玉木はいつもこのような物言いをして、おれを困惑させるのが常でした。

「喜久江の気持かあ……」

おれのための細々とした世話を二十年近くも飽きずにしてくれている人。掃除などは業者に頼むのに、おれに関してだけは人まかせに出来ないと言う。良い人、良い妻、良い職業婦人……そんな出来た御方が一途におれを愛してくれている。

それなのに、なんでおまえは、そんなにも不実なんだ！　自分がいかに恵まれているのか解ってんのか。愛してないなら、いっそ、別れてやれ。その方が彼女は幸せだ。

あーだこーだと言いながらも、妻の恩恵に与っているおれに対して、そう毒づきたくなる人も少なくないでしょう。よく解ります。おれが、さぞかしずるい男に見えるであろうことは。奥さんを便利づかいしているだけだろ、と思う人もいるかもしれない。

でも、今さらなんですが、おれは喜久江を愛しているんです。いや、愛しているなどという世間一般で使われる言葉なんて当てはまらない。もっとずっと根源的な感情が、彼女に対しては、あるのです。しいて言えば、里心のような。惚れた腫れたの次元ではないというか。喜久江への思いは、おれの背後に常に茫漠と広がっています。そこには、人生でもう無しにすることの出来ない景色が広がっているのです。それは、さまざまな追憶によって染められ、おれの背景として、ある。

普段は、見えない。けれど、ほんの少しだけ後ろを見やると、それはすぐさま目のはしに映り、そのたびに、おれをはっとさせるのです。そして、目尻が湿り気を帯びる。おれは、自分に出会ってからの妻の人生を思うと何だか泣けて来てしまうのです。変な男（おれです）に深情けをかけたばかりに不幸になって可哀相、とかいうのではありません。いや、それも少しは気の毒に感じますが。

三十二歳で出会ってから十八年もの間、おれというひとりの男に一喜一憂して来たのが沢口喜久江という女です。夫に対する、あまりにも寛容で、どっしりと構える余裕を周囲に示しながらも、その実、おれの機嫌をひっそりとうかがって、おどおどしている。健気です。その健気さがいじらしくて、もの哀しい気持になるのです。なあ、おれしかいないのか。

自分の中に妙な形の同情を抱いて、長い時間を彼女と共に過ごして来ました。おれたちは互いに胸の奥底をさらけ出したことはない。もしも、こちらが、おまえを思うと泣けて来るよ、などと打ち明けたら、彼女は、あまりにも惨めな気持になり打ちひしがれてしまうことでしょう。そして、もしかしたら、彼女の心の中には、おれが推測したのとは別の思惑が宿っているのかもしれない。おれと同様、相手をいたたまれなくさせる言葉を隠し持っているのかもしれない。大事に思うが故に、決して口にしない必殺の用語を。

言わぬが、花。それが夫婦間のルール。おれは、本当に喜久江を愛しているのです。もし、心にずっと消えることなくとどまるこの思いを愛と呼んでも良いならば。

「わたしがしたいようにするだけ。だから、太郎さんは、負担に感じる必要なんて全然ないの」

まだ貧乏学生だった頃、食品会社で働いていた喜久江は、そう言って、何から何まで面倒を見てくれました。もちろん、そこには経済的な援助も含まれていて、月末になるとバイト代では追い付かない家賃も払ってくれましたし、貧しい食生活を見かねて、ずい分と旨いもんも食わせてもらいました。当時、同じようにカツカツだった玉木洋一も、おれと一緒に彼女の手料理の相伴に与ったことも何度かありました。欠食児童のような我々には、彼女が女神のように見えたものです。

「スーパーの閉店間際のセールで駆け込みで買った値引きのお刺身なのよ」

「切り落としの安い肉。会社の側のお肉屋さんが、売れ残りをサービスしてくれたのね」

そんなふうに説明しながら、喜久江は、何と言うことのない簡素な、しかし、ものすごく旨い料理を振る舞ってくれたのでした。そして、おれたちは、その言葉に甘えて、そうかそうかと少しも遠慮することなく、脇目も振らずにたいらげていたのでした。

ところが、ある時、玉木がおずおずとおれに言ったのです。

「喜久江さん、ぼくたちに気をつかわせないようにああ言ってるけど、ものすごい高級な食材を使ってると思う」

そんな筈、ないだろ？　と半信半疑な気持で、おれは喜久江に尋ねてみたのです。彼女は、隠すこともなく、あっさりと真実を告げたのでした。そこで初めて、彼女がこしらえてくれた極めて庶民的な料理には、結構な金がかかっていた、という事実を知るのです。たとえば、肉じゃがに使った切り落としの牛肉が最高級の松阪牛であったことや、値引きの白身魚の薄造りが、紀ノ国屋で手に入れた城下ガレイだったことなどを。

知らなかった、と謝るおれに喜久江は言ったものです。

「いいのよ！　こうして、わたしが教えてあげるおいしい味を太郎さんが覚えて行くんだもの。嬉しくってたまらないわ」

なんて親切な人なんだ、と感動しました。けれど、報われない親切をし続ける人が哀しいとは、それから何年も経つまで解りませんでした。愛とおぼしきものを知るまでは。決して、おれ、血も涙もない訳じゃあないんです。

chapter 4

lover

恋人

付き合って一周年を迎える日はアニヴァーサリーとして祝おう。そう提案したのは太郎の方だった。世の中では、記念日好きなのは女の方ということになっていて、出会った日、初キスの日、初ベッドインの日などから始まって、結婚した日に至るまで御祝いをしなくてはならず、男が忘れると未来永劫、非難され続けるのだそうだ。

ほんとかな？　私の経験からすると、男の方が余程、記念日に執着するような気がしている。今日、何の日だーっ、と聞かれた私が首を傾げていると、え？　何？　忘れちゃったの!?　なんて悲痛な叫び声を上げるのだ。そして、考え続けているこちらに業を煮やして訴える。

「なんなんだよーっ、信じらんねえ！　おれらが付き合い始めた日じゃん」

とか何とか。

あー、まーねー。少し苛つくけれども、少女の頃からの男女交際で着実にスキルを学んで来た私は、相手に嫌な思いをさせない術《すべ》を心得ているので、しまったーっ、とばかりに愛嬌たっぷりの表情を浮かべて、舌を出す。お茶目さんな自分を演出するための初歩的演技だ。でも、これが窮鼠猫を嚙む……じゃなかった、窮地に追い込まれた時に絶大なる効果を発揮するのだ。

で、言う。

「ごめーん、私、毎日が記念日だと思って付き合ってるからさ」

するると、たいていの男は相好を崩す。え？　調子良い女？　確かにそういう部分はあるかもしれないが、これは、ほんと。記念日とまでは行かないが、会う日はいつも、後にも、たぶん先にもないであろう特別な一日として、男に向かい合うのが常だ。それは、本気になった男に対してのみならず、本気と本気の間に出現した隙間家具みたいな奴にも同じ。真剣であろうと遊びであろうと、色恋の瞬間においてはフェアネスの精神を、というのが私のモットーなのである。

しかし、いつの頃からか、出会いの記念日は、初めてのセックス記念日と重なりがちになった。そうすると、日付はいっきに思い出しやすくなる。ヒントはひとつより二つの方が有利であるのは、クイズの鉄則だ。

太郎がアニヴァーサリー云々と言い始めた時、私の頭に浮かんだのは、あの沢口喜久江先生の手による世にも美味なる稲荷寿司の存在だった。よし！　あれを彼の許に運んだあの日か!!　と思うと、すらすらと日付は出て来た。プルーストがマドレーヌで過去を思い出したようなものか、いや、違うか。

「で、キタローは、その日をどうやって御祝いしたいの？」

キタロー、と呼ぶと世界はすぐさま、私と彼の二人きりのものになる。イラストの仕事の時に使っているキタロー・サワグチの名前だけれども、キタロー先生ともサワグチ先生とも呼ばずに呼び捨てにするのは私だけなのだそう。

「キタロー」

私にそう呼びかけられると、自分に染み込んでいる沢口太郎としての生活感が、するすると抜けて行くような気がする、と彼は言う。

有名な料理研究家の妻、必然的に顔を合わせなくてはならないスタッフたち、常にスタジオから流れて来る食べ物の匂い……この人は、今ある日常に疲れているんだなあ、と私は思う。はたから見れば、さぞかし恵まれて満ち足りた思いに浸っているのだろう、と思われる彼は、実は、その日々に倦んでいる。

贅沢な、と人は言うかもしれない。何の苦労もなく、ただ自分の絵を描くことだけに専念出来るその環境に不満を持つとは何事か、と。でもね、と私は思う。幸せと不幸の計り方は、人の数だけある。そして、それらを見るための眼鏡の度数だって千差万別。誰の目にも解りやすい、目に見える不幸が、太郎の感じている疲れより深刻だと言い切ることは出来ない。

「どっか二泊くらいで旅行しない？　温泉とかさ」

「記念日の一泊だけじゃ駄目なの？」

「一泊だとさ、一日目は『行き』ってことを考えて、二日目は『帰り』ってことを考えなきゃならないでしょ？　なーんにも考えないですむ真ん中の一日が欲しいんだよ」

なるほど。気持は解る。でも、二泊三日の間、沢口先生に気取《けど》られないでいられるものだろうか。

日頃、罪の意識を既婚者の男との恋愛の興奮剤に使ったりはしない、という矜持を保っている私だけれど、それは、妻に自分たちの関係を知らしめても気にならないというのとは違う。弟子と夫が寝ていることを知ったら、さすがの沢口先生も嫌だろう。尊敬する先生に不快な思いをさせたくない。

我ながら、何という自分勝手な言い草だろうと呆れる。でも仕方ない。恋の仁義は、自分の作るルールの中にだけしかないのだ。

「旅行かあ、いいかもね。でも、どうやって二人同時に姿を消すの？　ばれたりしない？」

私の言葉に太郎は肩をすくめた。

「なんで？　いったい誰が、おれとモモを結び付けるの？　喜久江のスタジオって週二日は必ず休むことになってるでしょ？　モモはそれを使って、プラス一日は風邪を引けばいい」

「キタローは？」

「おれは、ほら、自他共に認めるさすらいの男だから、ふらりと旅に出ても誰も不審に思ったりしないの」

「……また、どっかの女のとこかって、先生は呆れるだけってこと？」

「う……ち、違うよ！　ボヘミアンな男と結婚したんだから仕様がないって諦めるだけって意味だよ」

「ほんとに？」

「ほんとだよ。あいつ、おれにはいつも自由でいて欲しいって言ってるもん。良い絵を描くために、自由人のままでいて欲しいって言うんだよ。だから、三日くらい家を出たってどうってことない」

「キタローの絵が好きなんだね、先生」

「……うん。まあ、買い被られてるってことぐらい、おれにも解るけどさ」

そう言って太郎は下を向いた。頬が少し赤くなり、何かに恥じているような表情を浮かべている。

いじらしい、と思った。この、自分の駄目さ加減をちゃんと自覚している感じ。でも、それを隠そうとしている。そして、隠し切れずに失敗して、私に悟られている。可愛い。何故か私は、男のこういうしくじり方に心惹かれてしまうところがある。

に、しても、さすらいの男とは笑わせてくれる。ものは言いようってやつ？　でも、考えてみれば、男と女の親密な関係って「ものは言いよう」で成り立っているようなもんだ。好きに理由なんていらない、なんて嘘。自分だけが納得出来る好きの要素を積み重ねて、相手をかけがえのない存在に仕立て上げるのだ。

そこには、少しずつの痩せ我慢も潜むのかもしれない。太郎もうすうす気付いているだろうけど、沢口先生の言葉からもそれは読み取れる。自由人のままでいて欲しいだなんて。そんな物解りの良いこと言って、御自分を納得させてるつもり？　あんたの亭主は山下清《やましたきよし》か！

でも、こうも思う。太郎の地に足の着かない感じが、沢口先生の憧れる自由に限りなく似ているんだろうな、と。ある種の人々から見たら、どうしようもなくいい加減に映る太郎のありさまが、彼女の愛する美点でもあるんだろう。美点。まさに、ものは言いようマジック。自分自身を幸福に丸め込む魔法。

「それで、キタローは、どこか行きたいところでもあるの？」

「境港《さかいみなと》」

「え？　それ、どこだっけ？」

「鳥取県の北西に位置しています」

「まさか……」

「そう、そのまさかなんだよー。あの水木しげる先生の出身地で、水木しげるロードが続いている。米子鬼太郎空港に着いたら、その足で行きたいかも。夜はライトアップされているらしい。そして、『ゲゲゲの鬼太郎』に登場する妖怪たちがずらりと並んでいるんだって。境港市と米子市を結ぶＪＲ境線は、色々な妖怪列車が走っているんだ。ちなみに、米子駅は『ねずみ男駅』、境港駅は『鬼太郎駅』。途中の駅には、全部妖怪の名前が付いていて……」

いつまでも続きそうな太郎の説明を遮って、私は言った。

「それ、深大寺とかじゃ駄目なの？」

ぐぐっと言葉に詰まる太郎に向かって、私はたたみ掛けるように尋ねる。

「深大寺の鬼太郎茶屋や調布駅の側の天神通り商店街じゃ駄目な訳？」

調布市は、水木しげる先生の第二の故郷と言われている場所で、鬼太郎もここで生まれたのだという。天神通り商店街もまた鬼太郎通りと呼ばれて、点在する妖怪のモニュメントが人々に親しまれているそうな……と、これも、太郎から聞いた話なのだが。

「深大寺とかならいつでも付き合うよ」

「それじゃあ、記念日の特別感が出ないだろ？」

「……特別感……」

「そりゃそうだよ。近いからって、その辺ですますなんてさあ、ニューヨークの自由の女神が見たいけど遠いから、駅前のラヴホテルに入るついでに、てっぺんに建ってる自由の女神像を見ればいっかーみたいなの、良くないだろ？」

「はあ？　ラヴホテルのてっぺんに自由の女神？　何、それ」

太郎は、自分で言っておきながら、途端にもじもじした。

「……前に吉祥寺の駅前のホテルの屋上にあったんだよ。中央線の電車の窓から見えた」

へえ？　と思った。中央線とあまり縁のない私には解らなかった。

「確かソープランドの屋上にもあったんだが……あれ、同一人物なのかなあ。性的自由の象徴だったのかなあ。ねえ、モモはどう思う？」

「さあ？」

「そういや、モモは、性的自由の女神みたいなとこ、あるよね」

「何、言ってんの？　それより、調布の鬼太郎ワールドとラブホの自由の女神を結び付けるなんて、あなたそれでも水木先生の信奉者なの？　けしからんね」

「本当です。とんでもないことです。ごめんなさい、調布の皆さん」

しゅんとして下を向く太郎を見て思った。性的自由か。全然、考えてもいなかった概念だ。私は、いつも自分の寝たい男とそうすることを望み、相手の承諾さえ得れば、それは叶った。つまり、つれない男の返事を待ってやきもきしたり、冷たく拒絶されて傷付くことはあっても、欲望の表明を妨げられた経験はない。ある意味、野放図に男にアプローチして来た。

そんな私に、友人のコンパルこと金井晴臣は、なかば真剣に忠告したっけ。

「あんたみたいに、ためらいとか遠慮とか、まったくないままに男をものにして来た女は、他の人間の悪意に鈍感になるからね。時々、あまりにも無鉄砲なんで、ほんと、はらはらするんだから」

「天真爛漫って言ってよ」

「呆れた。何、その唯我独尊状態。その内、刺されるよ。世の中には、自分に出来ないことを苦もなくやってのける人間に、憎しみを向ける輩が大勢いるんだから。気を付けなさいよ」

たとえば？　と尋ねると、コンパルは答えをずらすかのようにして言うのだ。

「自由の取り扱いには要注意よ」

意味が解らずに目で問いかけると、彼は続ける。

「古今東西、軽々と自由を手にして来たように見える人間は、皆、石を投げられて来たわ」

「コンパルったら……私がそうされる女だって言うの？　そんなだいそれた人間じゃないよ。人から恨みを買うほどのすごい自由を手に入れた覚えもないし」

「自由に関しては、すごいとか絶大とか、あんまり重要じゃあないのよ。癇《かん》に障る自由であるか、ないかが問題なんだって」

「私の持つ自由が誰かをイラッとさせてるってこと？」

「そういうこと」

「ふうん。でも、そんなの、私、関係ない」

そこよっ!!　と言って、コンパルは私の肩をつかんで顔を近付けた。その表情が、あまりにも真面目なので、私はたじろいでしまう。

「関係ないんじゃなくてさ、桃子、あんたには解らないんだよ。だって、そこを理解する回線がショートしてるんだもん。自由にたっぷりつかってそうなっちゃってるの。それは、たぶん幸せなことなんだと思う。でも、鈍感なことでもある」

私は、その時、ふっと沢口先生を思い浮かべた。太郎との間を疑い始めたら、先生も私に対して悪意を持つようになるのかな。なるんだろうな。ボヘミアンな筈の男が近場で女を選んでいたら、幻滅しそうだし。

「自由じゃない人ほど側にある他者の自由に敏感なんだよ。そして、それを持っている人を羨み、妬む。あんたの沢口先生、だんなとのこと知ったらどうなるか解んないよ。気を付けなさいよっ！」

うんうん、と頷きながらも、私は半信半疑だ。沢口先生が、私を妬むなんてことあるだろうか。これまでだって、自分の夫を通り過ぎた女たちをさらりと受け流して来た人が。あんなに何もかもを手にして、それでも優しさと思いやりを元手に料理を作り続けて飽きることのない人なのに。彼女の豊饒な世界に比べたら、私の自由なんて吹けば飛ぶようなちっぽけなものに思えるけど？

「コンパルが想像するよりか、先生は、ずっと出来た人じゃないかなあ」

ああ、もうっ、と言って、コンパルは地団駄を踏まんばかりになる。

「世の中で一番ホラーなのが、その、出来た女ってやつなのよお！」

そうなのか。

私は、改めて太郎をまじまじと見てみる。そうして、今度は自分自身を省みる。重い荷物などまるで持っていないかのように、軽い身のこなしで人生を歩いている男と、何の縛りもなく、出合い頭のハプニングに身を投じて楽しむ女。もしかしたら、他人には、そう見えるかもしれない。そして、自分たちもそう見せたいのかもしれない。

　誰かが、ようやく私たち二人を結び付けて考えるようになった時、お似合いじゃないかと頷いてくれるだろう。

　だったら、先生ならどうだろう。沢口先生が知ったなら。自由を愛するあなたたちだもの、惹かれ合って当然ね、とは、もちろん言わないだろう。でも、恩をあだで返しやがってーっ、とありきたりな罵倒を浴びせたりもしない気がする。

　想像しても絵が浮かばないので、考えないことにした。元々、私の恋愛は、「事情」や「しがらみ」や「義理」などとは無縁であるべきなのだ。そして、その信条を貫こうとすると、「身勝手」や「冷酷」などの称号をいただくことになる。やんなっちゃうね。でも、知ってる？　ある面で冷酷になればなるほど、その反対側では熱く熱くなる。そうやって、どこかでバランスを取っているのが人間。

　太郎の自由なたたずまいだって、その背後にある不自由が開花させたものだと思う。光あるところには影がある。逆もまた真なり。明るければ明るいほど、その影は濃くなる。私は、男でも女でも、そういうのを感じさせる人が好き。

　沢口先生が、光と影のコントラストを御自分の中に隠し持っている人かどうかは解らない。

彼女の成しとげる仕事に対する私の敬意だけが、いつもそこにあり、その大きさに目が眩んだままだ。いえ、ままだった。

「わたしの料理は自分ごとの延長ですもの」

そう先生は言い、周囲は皆、その謙虚さにひれ伏す。私もそのひとりではあるのだが、ほら、その場の全員が黙禱を捧げている神聖な場で、たったひとりだけ片目を開けてしまう聞き分けのない子供っているじゃない？　私は、時々、あれ、なのよ。

先生の本性、もとい本心を見てみたいと、時々強烈に思うのだ。けれども、すぐさま自分のこざかしさを恥じる。あの圧倒的な仕事量とその業績。それを直に感じられるだけで良いではないか。いったい、沢口喜久江が沢口喜久江である以上の何を見たいのか。

何も、と数年前なら迷いなく答えただろう。でも、太郎と特別な間柄になってしまってからは、私の中の沢口喜久江像からはみ出し、ずれて来るものがあるんじゃないか、と勘ぐってしまう。彼の話を聞いている内に好奇心が湧いて来てしまったのだ。妻である自分以外の女にくらくらしている男をいなせなボヘミアン扱いする心情って、いったいどんななの？って。

で、そんな時、やっぱり、私は、黙禱の最中に片目を開けてる不信心者に逆戻りするという訳。

「昔、暖かな囲炉裏《いろり》端に、家族が誰に言われるでもなく集まって来たでしょう？　心尽くしの料理から立ちのぼる湯気って、それと同じ効用があるのよ。別に、手の込んだものである必要はないの。暖を取るために人が知らず知らずに足を運ぶような、そんな料理。わたしの料理はテクニックなんかより、気は心！」

そう言って、ほがらかに笑って皆をなごませる沢口先生。そんな中で、私は、信者にあるまじき質問を心の中でしてしまう。

「でも、それ自体、テクニックですよね？」

テクニックなんて使っていないと思わせるためのテクニック。上級者の技術だ。人間関係においても、時々、使う人がいる。私は使わない。使えない。常に正攻法の臆面のない女だ。先生、先生はどうなんですか？　本気で、あの人のことを、ヴァガボンドみたいに崇めているんですか？　それとも御自分のために、あらかじめそう決定したのですか？　なんて、もちろん口に出したりはしないけど。

先生から太郎の情報を引き出そうなんて、つゆほども思わない。先生の夫である。仕事はイラストレーターである。そして、今、私に夢中なようだ。私が知っていれば良いのはそれだけだ。

でも、太郎と心やら体やら記憶やらをすり合わせていると、どうしても彼からは先生のエッセンスが滲み出て来る。それが解る。そういう時、今現在あるこの人には、先生と作って来た過去のピースが埋め込まれているんだなあ、と思う。人に歴史あり、かあ。夫は、どんな夫でも妻に感化されている。そして、その妻が、どんな妻であっても。

私は、男に漂うそれを確認したくなる。分析したくなる。その男をこしらえたレシピの詳細を知りたい。妻の加えた隠し味の正体は何だろう。土台を知れば、私の手でもっと旨味の効いたフレイヴァを足すことが出来るかもしれないじゃないか。そうして、ますます私の恋はオリジナルな味に近付いて行く。

隠すことに必死になるつもりはない。かと言って、ひけらかす気になんかならない。周囲に関係を思わせぶりに匂わせるなんて姑息な企みはもってのほかだ。ただ二人きりで、親しく交わり楽しむことに専念する。それが私の恋愛のあり方。無駄口は叩かないけど、ちゃっかり御相伴には与る。まずは他人の味付けを楽しまなくっちゃ。創作料理はそれから。この男は、絶対、もっと良い味になる。

なんてことを、私は時折、太郎にも話す。まあ、なんと厚かましい、と他人様に非難されるのは百も承知だが、沢口喜久江を尊敬するのと、太郎の妻について話すのは、私の中で何も矛盾しない。コンパルあたりは、いつも罪悪感という言葉を持ち出して、こちらを諭そうとするけれど、私の罪の意識って、そういうとこにないんだよなあ。じゃあ、どこにあるんだよ！　と言われちゃいそうだけど。

今のところ、何食わぬ顔をして太郎との恋路を進んでいる私に比べると、彼の方は、時折気に病んだりするみたいだ。

「そりゃあ、配偶者だもん。家に帰って、労わられたりすると、どきっとするよ。はたから見たら、あの人、ほんとに出来た妻でしょ？　モモとうんと楽しんで家に帰ると、良い絵が描けた？　おなかすいてない？　とか聞かれちゃってさ、そういう時、塾をさぼって、嘘ついてる中学生みたいな気になっちゃうんだよねー」

「すごい。童心に帰らせてくれるんだ」

太郎は、真底うんざりしたように言った。

「おれさ、童心とかって嫌いなんだよねー。ほら、子供の絵を、大人の失ったものがここにある、とか言って誉める奴っているじゃん。あれ駄目」

「水木しげる好きは童心の為せる業じゃないって訳ね」

「全然、違うよ。あの人の戦争を描いた作品とか読めば解るよ。鬼太郎がセックスするやつだってあるんだよ。ああいうのもたまらないし」

一緒にいる時、私と太郎は、犬ころのようにじゃれ合うけれど、確かにそれは童心に帰るというのとは違う。子供の純粋な心とは異なり、それぞれが時間と手間をかけて不純物を取り除いてようやく得た無邪気さを、私たちは分け合っている。

「先生は、キタローから他の女の気配を感じ取ってるのかな」

「どうだろう。そういう話はしないし、おれって、ほら、女の痕跡とどめないよう身綺麗にしてるから……」

太郎の言葉に思わず噴き出した。身綺麗！　それは確かに大事だ。私たち、お互いに、「立つ鳥跡を濁さず」を心掛けている。私から太郎の匂いを、彼から私の匂いを、まだ誰も嗅いだことがない筈だ。

そう言えば、この間、おもてなし料理の撮影をしていた時のことだ。鍋、鮨、天ぷらなどの和の料理から、ローストビーフやアクアパッツァなどの洋のものまで、家庭でしか出来ない簡単で温かなメニューに変身させる企画。そのおうちでしか食べられない味があるのよ、という沢口喜久江ならではの提言の許、特集が組まれたのだった。

沢口先生の神技とも呼べる手際で、どんどん、気取った外食メニューが家庭的で親しみ深いものに変えられている。「素朴」という彼女ならではの技術を駆使した、素人のためのプロの料理だ。

時間をかけて肉をほろほろになるまで煮込むのではなく、安い薄切り肉を丸めて重ねて丸めて重ねてをくり返して、お年寄りや子供にも食べやすいビーフシチューにする。

「デミグラスソースは洋食屋さんにおまかせしましょうね。中濃ソースとケチャップを混ぜて嘘ついちゃいましょう。ただし、大人は、たっぷりの玉葱のすりおろしを入れること。甘みに蜂蜜も良いけど、アガベシロップを足してみて。大人っぽくなるわよ。種なしのデーツを放り込んでも良いわね」

なんですか、デーツって、とカメラマンが尋ねる。

「中近東なんかで生産される果実よ。木に実を付けたまま自然乾燥するの。いわば、天然のドライフルーツね。日本では、ナツメヤシとも言うわ。あなた、お生まれはどちら？」

「大阪です」

「あら、西の方ならオタフクソース知ってるでしょ？　お好み焼にかけるやつ。会社は広島だけど」

「もちろんです」

「あのソースの原料に使われてるのよ、デーツって」

そういう話を途切れることなく続けながら、沢口先生は手を休めずに料理を作って行く。私たち助手も付いて行くのに必死だ。でも、そのやり甲斐と言ったら！　頭の中にも手先にも、どんどん新しいものが貯えられて行くのが解る。デーツが、イスラム教徒のラマダン（断食月）明けに水に続いて口にされるものだなんて初めて知った。

沢口先生、ほんと素敵です。一生付いて行きます！

そう心の中で誓い昂揚した気分で先生を見詰める時、私のボキャブラリーには、太郎の「タ」の字もないのである。

あの、もの慣れない風情で、しょっ中、新鮮な笑顔を浮かべている太郎。駄々っこのように拗ねて口を尖がらせて、私を可愛らしく引き止める太郎。ヴァージンみたいな初々しさと、老獪な手口で、ベッドの中の楽園に導いてくれる太郎。青年の主張みたいな夢を語り、私に共感の嵐を巻き起こす太郎……彼の美点を語れば、きりがない。

でも、沢口先生の仕事に吸い寄せられている私は、あんなにも好いている筈の男を欠片も思い出さない。ねえ、あたしと仕事のどっちが大事なの？　という問いが、女の常套句としてたびたび持ち出されるけれど、あんなのは嘘。あれを言うのって、圧倒的に男の方だと思う（当社比）。

太郎にだって言われたことあるもん。沢口先生の、神技を神技に見せない神技のすごさについて、つい夢中になって話していたら、彼は不貞腐れたように呟いたのだ。

「なんだよ。せっかく一緒にいんのに、おれと訳解んない御勝手話のどっちが大切なんだよ」

御勝手話！　あら、そりゃそうね。いつも心尽くしの手料理で喜ばせてくれる妻に関する話ですものね……なあんて言うと思ったら大間違いなのである。駄目だ、と口をつぐむしかなかった。こいつに仕事の話しても解んねえ！　まあ、それは、太郎が私に絵の仕事について話す時も同じなのであるが。ねえねえ、と仕事中に背後から抱き付いて不埒な行為に及ぼうとすると、しっしっと手を振り、あっちに行けと言わんばかりの仕草をする。説明は、なし。

で、私も、口にしてしまうのだ。せっかく、私、来てんのにさ！　とか何とか。互いに熱中すべき仕事を持っている男女が自分を優先してもらいたい時に必ず使ってしまう言葉。それが、「せっかく」。プリーズと言えば、下手《したで》に出た可愛気が宿るのに、つい出ちゃう「せっかく」。まあ、おあいこだから、いっか。これが一方だけからの「せっかく」になったら、何かの均衡が崩れるような気がする。それが何だかは解らないけれど。

「じゃ、休憩はさんだら、次は、和のおもてなし料理について考えてみましょうか。和の料理は、わたしたち日本人の根底にあるものだけど、実は、あまり解ってないことも多いのよね」

天気が良いので中庭でティータイムということになった。私と同じ助手の田辺智子ちゃんと二人で、人数分の紅茶とスタッフ用に焼いたシフォンケーキをテーブルに並べて行く内に、緊張はほぐれて行った。そして、そうなると途端に太郎のことを思い出す。突然、向こうの渡り廊下に姿を現わさないかなあ、なんて視線を泳がせたりしてみるのだが人影はない。

「やっぱり日本が誇る外国人へのおもてなし料理と言えば、スシとテンプラに始まりますよね」

撮影中にすっかり打ち解けて沢口ファンになったカメラマンが先生に話しかけた。

「そうね。ただしスシには魚偏の鮨とコトブキの寿司があるから要注意ね。外国からのお客様は、魚ののっているものだけがスシだと思うのよ。木の芽をふんだんに使ったちらし寿司なんて、最高に素敵なおもてなしなのにね」

「なるほど。それに、スシもテンプラもピンからキリまでありますしね。目も舌も肥えている先生としては、どんな鮨屋と天ぷら屋を最上としますか？　お勧めのとこがあったら、ぼく、行ってみたいな」

　カメラマンの言葉に編集者が笑う。

「馬鹿ねえ、先生のいらっしゃるお鮨屋さんも天ぷら屋さんも、あなたが行けるお値段じゃないわよ」

　そうか、と頭を掻くカメラマンを微笑まし気に見て、先生が言った。

「お値段の高いお店が良いお店である確率は、かなり高いけど、そうとも限らない場合もあるわよ。わたしが良い店だと思うのは、鮨屋なら魚のにおいのしない店。天ぷら屋なら、油のにおいのしない店。お値段にかかわらず、そこは外せないわね」

　皆、それぞれに深く頷いている。私もだ。鮨屋の魚臭さ、天ぷら屋の油臭さ。考えたこともなかったが、それらを感じさせないことで店の矜持を無言で示すのかもしれない。

「家庭で作るのとは違うんですもの。非日常を演出するなら細心の注意を払わなくてはね」

　さ、仕事に戻りましょうか、と先生は言い、皆、一斉に立ち上がった。片付けは智子ちゃんと亀井さんたちにまかせ、私は、次の段取りを確認しようと先生にタブレットを差し出したのだが、その瞬間。

「あら？」と先生は言って、鼻を蠢《うごめ》かした。そして、じっとりと私を見る。

「桃ちゃんの、この匂い……」

一瞬、肝を冷やした。悟られてる!?　忍ぶれど色に出《いで》にけり、わが恋は、ならぬ、匂いに出にけりってこと?　私、残念な鮨屋になっている?

chapter 5

wife

妻

あれは、松本清張の小説だっただろうか。鮨屋に飛び込んで来た女が鮪の握りを一人前（六個ぐらい？）注文するの。そして、それが目の前に並んだら、空《から》の丼を頼んで握り鮨を全部放り込み、ぐちゃぐちゃに崩しながらたいらげてしまう。

結局、男のアリバイ作りに加担して、自分の存在を鮨屋で印象付けるためにやったことなのだけれど、仰天したったらなかった。わたしは、まだその時確か高校生ぐらいで、もうどんな内容の小説だったかもよく覚えていないのに、その場面だけは記憶に鮮明に刻み込まれているのだ。

何という悪の所業だ！　わたしは激しい憤りを感じて震えた。せっかく職人さんが握った鮨をわざわざばらして鮪丼にして食べるとは！　でも、この暴挙が犯人の思惑通りに話を進めて行くことになるのよね。目撃したら、絶対に忘れられないもの。だけど、職人さんのトラウマにならなかったのかしら、なんて、わたしは詮ないことを考える。

もちろん、どんな食べ方をしようと、それはその人の自由。周囲がどんなふうに感じようとも食べてしまったもん勝ち。あ、それだけはして欲しくなかった、と作り手が思っても、もう後の祭り。

鮨屋の女の例は特異な状況下故のものだけれど、日常的にもそう感じさせられる瞬間はしょっ中ある。食べる人にとっては些細なことでも、作った側にとっては、いても立ってもいられなくなる場合が。

夫の太郎はグラタンが大好き。元々、カレーライスとかオムライスとか洋食屋のメニューには目がないけれど、ホワイトソースを使ったものは特に好き。クリームコロッケ、シチュー、グラタン……グラタンは、子供が好むような、具のあまり入らないマカロニのやつが気に入っている。いつだったか、フレンチな感じで、アンディーヴを生ハムで巻いたものにホワイトソースをかけて焼いたら、洒落くせえ味！　と言って、全然喜ばなかった。それ以来、シーフードや鶏肉とマカロニを合わせたグラタン一辺倒。コンデンスミルクで甘みを加えたソースに三種類くらいのチーズをたっぷりとふりかけて、こんがりと仕上げる。

この「こんがり」ってやつがオーヴン料理にはものすごく重要。薄過ぎない焦げ過ぎないゴールデンブラウンは、食欲を最大限にまで持って行く素晴しい色だと思う。でもね、それを最高の色まで持って行って止めるのは、細心の注意を必要とするのよ。ふと油断して目をそらし、他の作業に気を取られていると、あっと言う間に焦げ過ぎちゃう。数え切れないくらいこの工程をくり返しているわたしでさえ、たまにうっかりして、焼き色を付け過ぎてしまう。まあ、素人さんには解らない程度のオーヴァークッキングだけど。

で、わたしですら、そんなに火加減に気をつかいながら作ったグラタンなのに、太郎は、意に介さず食べ始める。あの至宝とも呼べるゴールデンブラウンを愛でることもなく、スプーンでざくざくとかき混ぜてしまうのよ！　ぎゃ〜〜〜っ!!

　畑を耕すかのごとく、スコップを扱うかのごとく、香ばしく焦げたチーズとミルキーなソースをスプーンで引っくり返して、見る影もなくなったグラタンを口に運んで、旨いっ！と言う太郎。ありがとう。でも、そんなふうに食べるのなら、グラタンじゃなくて、ただのマカロニのクリーム煮で良かったんじゃないかしら。

「ねえ、太郎さん、どうしてグラタンの焦げ目を無視するの？」

「え？　別に無視してないよ」

「そこはぐちゃぐちゃにしないで、そのまま口に入れて欲しかったな。一番、おいしそうなとこなのに」

　そお？　と真底不思議そうな表情を浮かべる太郎の皿は、白と焦げ茶が混じり合って、荒らされた雪解けの日の地面みたいになっている。グラタンの存在意義を破壊しやがってこの野郎！　と思うけど、次の瞬間、彼はこう口にするのだ。

「妻が美しく焼き色を付けたグラタンを、ぐちゃぐちゃにかき混ぜて旨くして食う夫。御二人の共同作業です！」

　そして、ずるずるとホワイトソースを啜り、マカロニに吸い付いて、ちゅぱっと音を立てる。ここ沢口家では、グラタンはもはや飲み物です……なのか。いかにもおいしそうに飲む太郎。その憎めなさに、今さらながらいとおしいと思う。

「やっぱ、グラタンはマカロニだよなー。じゃがいもも良いけど、この間、肉の付け合わせになってた薄切りのは、あんまり好きじゃない」

「グラタン・ドフィノワのこと？」

「そう呼ぶの？　じゃがいもは、やっぱり、たっぷり、こっくりしてなきゃ」

挽肉で作るシェパードパイなんてどうかしら、とわたしは思い付く。ミートソースを、パイ生地の代わりにマッシュポテトで覆って焼くイギリス料理。シェパードは羊飼いの意味だけど牛肉で……などと考えていたら、太郎が、久し振りにわたしを抱き寄せて、プルオーバーの下から手を入れた。

「たっぷり、こっくりって、こういう感じ。おまえの肉みたいで安心する」

ほんと？

わたしは、太郎にされるがままになりながらも、しばらく前に彼が言ったことを思い出している。

「チコリって野菜、丸ごとただスープで煮込んだだけで旨いよな。苦みがあって、おつな味っていうの？　くたくたになったやつにオリーヴオイルたらしたら、いい感じだった」

「嫌いじゃなかったの？　チコリ」

「え？　そう。いつ食べたっけ？」

「ハムで巻いてグラタンにしたら、評判悪かったじゃない」

「えー、あれ、チコリなの？　なんか違う名前だったよね？」

「チコリは英語なのよ。フランス語では、アンディーヴ。でも、それを英語読みするとエンダイヴ。太郎さんが言ってるのって、それのことでしょ？　ちっちゃい白菜の芯みたいな……でも、これ、混乱しやすいのよ。ちりちりの葉野菜も、英語、フランス語の逆読みで、チコリとエンダイヴと呼んだりするし……」

ふうん、と太郎はたいして興味もないように受け流した。

「おれの言ってるのは、ちっちゃくて固くてとんがってるやつ」

わたしは、火を通す時はアンディーヴ、生で扱う時はチコリと呼んでいる。別に何の根拠もないけれど。

いつのまにか、わたしの胸の奥で、何やら、ちりりと発火するものがある。

ただブイヨンで煮込んだだけのアンディーヴのスープは確かに旨いだろう。フランスのエスプリの効いた苦い美味という感じがする。でも、目の前のこの男の好みだろうか。あどけなさが優先された舌を持つ男の。

誰かに教えられたのね、とわたしは思う。誰か、とは、もちろん女だ。行きつけの定食屋のあんちゃんな訳はない。仕事関係の人間と気の利いたビストロで食べたとしても、記憶に残るほどのものではないだろう。何しろ、好きな種類の味じゃないんだから。

女。女に決まっている。心に少年を飼っている男に、大人のほろ苦さを教えるのは、いつだって女なのよ。しかも、たっぷりこっくりしていない、アンディーヴの葉先のようにシャープな女。頭が切れて、目も切れ長、ついでに小股も切れ上がっている……かどうかは知らないけれど、そんな女……たとえば……

「はあー、いいなあ、喜久江といると、よこしまなこと考えないから、平和〜〜って感じ」

ぐちゃぐちゃに混ぜたグラタンを食べている途中で、わたしの肌を撫で回し始めたかと思うと、そんなことを言う。

「いい奥さん、持ったなあ、おれ。たらふく旨いもん食わせてもらって、すべて世はこともなし」

「ブラウニングね」

「何、それ」

「ロバート・ブラウニングじゃないの、詩人の。神、そらにしろしめす。すべて世はこともなし。知らないで言ったの？　これ、ほんとは長編の詩で出来た劇なのよ。通りすがりのピッパって女の子が口にするこの詩を聞いて、不倫カップルが人生を省みるのよ」

はあ、と太郎は溜息をついた。

「おれ、人生、省みるの趣味じゃない」

知ってる。そして、わたしは人生を省みることから逃れられない。何故なら、そうすれば、いつもあなたがそこにいて、会えるから。

グラタン、ご馳走さん、と言って太郎は席を立つ。仕事場に戻って仕上げなきゃならないものが山程あると言っていたけど本当かしら。

すべて世はこともなし、か。当然よね。だって、あなたの周囲には波風が立たないようにと、わたしが細心の注意を払っているのだから。その代わり、波風は、わたしの心に立っている。こんがりとした膜の張られていたグラタンの表面にも。

秘書の並木に、それとなくほのめかされても、わたしは、夫と和泉桃子との間を疑ったりはしなかった。でも、今になって思うと、疑っていなかったのではなく、疑うことによって立つ波風が怖かったのだと解る。

わたしは平穏というものをとても大事にしている。太郎を手に入れた、と実感した瞬間から、ずっと、そう。そして、ますますそうなっている。年齢のせいもあるのかもしれない。彼と共にする人生が長く伸びて行けば行くほど、わたしは年を取って行く。どうにか平穏無事なまま、一生を終わりたい。わたしの人生のハッピーエンドは、やはり、彼と同じ絵の中で迎えられるべきなのよ。

若い頃は、そんなふうに願ったことなどなかった。愛する男にもらった幸せという最高のギフトだけを、胸に抱いて逝ってしまってもかまわなかった。

〈私の望みは理解されることより、理解すること、愛されるより、愛すること〉

映画「ブラザー・サン、シスター・ムーン」の感動のシーンの文言。この畑での場面にどれほど打ち震えて共感したことか。

でも、もうあんまり心動かされない。考えてみれば、わたし、キリスト教徒じゃないんですものね。今の自分は、愛した分だけ愛されたいの。

「あ、それ、ＫｉｎＫｉ Ｋｉｄｓですよねー!? 愛されるよりも愛したい、マジで〜〜……中学生ん時ですから、真剣と書いてマジと読む、ウッス！ とか言って、みんなで感動してました」

いつものように田辺智子がピントの外れたことを言う。すると、和泉桃子が、それをさりげなく訂正するのだ。

「馬鹿ね、智子ちゃん、先生が言ったのは、古い映画の話よ。まだ、私たちが生まれる前の。十二世紀のイタリアが舞台で、聖フランチェスコの若い時の話」

「えー、なんか難しい映画なんじゃない？」

「それがさあ、ドノヴァンって歌手の歌のせいもあって、かなりのヒッピーテイストでいかすのよ」

「いかす！ ナイス死語だね」

「うん、智子ちゃん、今度、うちで一緒に観ようよ。ずい分前に買ったＤＶＤあるからさ」

ごく自然に、わたしの言葉を引き取って自分たちの会話に移行させた桃子には、やはり感心せざるを得ない。わたしがいくら智子にあの映画の良さを説明しても、彼女に理解させることは出来なかっただろうし、年を取ると引用が多いんだな、なんて呆れられるのがオチ。若い故のつたなさとは、自分たちより前の世代とのつながりをぶった切って平気なこと。受け継ぐ作法を知らない。その内、途方に暮れる時がやって来るんだから。あなたたちだって年を取る。そして、おばあさんになって、下の世代に肩をすくめられるのよ。

ところが、その下の世代ってのには、やっぱり桃子みたいなクレバーな子がたまにいて、上も下も礼儀正しくつないで行くのよ。

「桃ちゃん、そのＤＶＤ持ってるんなら、わたしにもその内貸してよ。久し振りに観たくなっちゃったわ」

「いいですよ。あれ、先生も生まれてなかった頃の公開じゃないですか？」

こういうとこ！

「ううん。わたしは生まれてた。まだ赤ちゃんだったけど」

一九七二年の公開だった筈。それにしても、桃子は、何故、こんなにも色々なことを知っているのだろう。かなりの雑学的知識と情報量があると見た。そして、それを必要に応じて出し入れしているようだ。そうしながら、自分のものにして、日常のお喋りに馴染ませている。

危険！　とわたしの中のアラームが鳴る。直感と空想力に身をゆだねて生きているような太郎には毒だ。刺激的で、しかも、とろけるような甘い毒。

太郎の許にランチボックスを運んでもらっていた当初、彼は、桃子を和泉さんと呼んでいた。そして、そのお使いが、ほぼ彼女の役目として認知された今、彼に、桃子さんと下の名前で呼ばれているようだ。呼び捨てのこともあるのかもしれない。だって、この間、わたしとの間で、彼は、こう言ったもの。

「桃子……いや、桃子さん、っていうか、和泉さんがさあ……」

慌てて言い直したって、時、既に遅し、なのよ。そして、唐突に、こんなことも口にしたわね。

「桃子って名前の人って、桃って呼ばれたりするんじゃねえ？　ほら、ミヒャエル・エンデのモモみたいにさあ」

えーっと、わたしとあなたの間で、何故突然、エンデの話が出るのでしょうか。

「いや、ちょっと思っただけ」

「好きなのね？」

「ええっ!!」

わたしの問いに、飛び上がらんばかりに驚いた太郎。慌てふためきながら、次の言葉を捜そうとしている。馬鹿ね。意地悪をして、もう一度聞いてやる。

「好きなんでしょ？」

「いや、そんなんじゃないよ」

「エンデ」

え？　と不意を突かれた表情。

「エンデが、よ。ファンタジー小説、好きそうだものね」

まあね、とさりげなく流したけれど、もしかしたら背中に冷汗が伝っていたかもしれない。和泉さん、桃子さん、桃子、桃（モモ？）……男は、おおっぴらに出来ない恋仲の女を呼ぶ時、あれこれと涙ぐましいヴァリエーションを駆使する。すべての男がそうだとは言わないけれども、ひとりの女をいくつもの名前で呼ばざるを得ない状況にあるって、スリル満点よね。その際の胸の動悸は、性的な刺激となって、興奮をかき立てる。多くの人々は、それを恋と勘違いしているの。あなたが恋しい？　違うでしょ？　あなたとやりたい、なんじゃない？

　これが不倫と呼ばれる関係の正体だとわたしは思っている。そりゃ、中には世紀の恋に発展する場合もあるかもしれないけれど、そんなのは、うんと稀な例に決まっている。太郎と女たちの情事だって、どちらかが飽きた段階で、すぐに終わりを迎えたではないか。これこそが本気の恋と信じて、ぐずぐずしていた相手もいただろうけど、結局は周囲（主にわたしね）を巻き込むこともなく、関わりは絶たれた。

　遊び、本気、いずれにせよ、それらの恋路に末期の水をとってやるのは妻なのよ。子供のいる夫婦なら、子供がその役割を果たすかもしれない。でも、わたしと太郎の間には、そんな鎹《かすがい》は存在しないし、存在させようと思ったこともない。

わたしがいるから、太郎は、わたしの許に戻って来る。たった二つの呼び方しかないわたしの許に。喜久江、そして、妻。選択肢の多いのを幸運に思うのは、若い頃だけにしておくべきじゃないかしら。

太郎は、わたしよりも十《とお》も若いけれども、でも、世間の人々にとっては既におじさんの域。わたしの周囲の若い女たちに、「年甲斐もなくふらふらしてる」、なんて言われているのを耳にしたことがある。ついうっかり、側にいるわたしに気付かずに言ってしまい、慌てて謝った人も。

にこやかに受け流したけれども、わたしは内心、もっと言え！　と少し意地悪い気持で思っていた。だって、本当のことだもの。もっともっと、皆で、その事実を知らせてやって欲しい。そうすれば、やがて太郎は気付くだろう。自分が永遠の若者でいるのを許してくれるのは、妻であるこのわたしだけだということに。

世の中には、年相応に扱われたいという男も、見た目よりも年上に見られて尊敬されたいという男もいるだろう。そんな一般的な価値基準とは別のところで生きている、それが太郎だ。ことさら若く見られたいとか、可愛がられたいと思っている訳ではない。彼は、ただ年齢不詳でいたいだけなのだ。そういう男は、実年齢が進めば進むほど、若い振る舞いが目立つようになる。そこで、本人は、ふと感じるだろう。あれ？　おれって、人より若くない？
と。

そんな訳、ないない、と赤の他人は首と手を横に振り振り笑うだろう。でも、わたしは、至極、真面目な顔で肯定する。あなたは、わたしにとって、永遠の少年なの、と。そして、そのように接する。ちょっとうるさいくらいに面倒を見る。うっとうしいでしょう。でも、もしも、わたしから与えられるそのうっとうしさを失ったら、さびし病にかかって生きて行かれなくなるのよ、太郎さん。

さびし病。それは、わたしが作った言葉だ。夫婦のどちらかが日常に埋もれて、相手のありがたみを感じなくなる時がある。すると、好き放題したり、二人で分かち合うさまざまな事柄がないがしろにされがちになったりする。そして、その内に、それ自体に麻痺して何も感じなくなる日が来る。そんなふうに気持が仮死状態のまま過ぎる内に、何らかの理由で夫婦関係は断ち切られるかもしれない。たとえば、どちらかの死、とかで。そこで、ようやく残された人は我に返る。その瞬間から発症するのが「さびし病」なのだ。文字通り、寂しい寂しい病気。

名付け親のわたし自身は、さびし病になんてかかりたくない。でも、太郎には、その病のキャリアであって欲しい。そのために、わたしは、太郎を常に愛と思いやりと気づかいという優しい美味で包んでいるつもり。彼は、わたしが手塩にかけたとっておきの包子《パオズ》なのよ。

皮の中は、わたしの味つけによる熱いスープがぱんぱんに詰まっている。

　太郎はわたしだけにしか見出せないチャームをいくつも身に付けたピーターパン。でも、そのピーターパンは、わたしがいなくなったら、玉手箱を開けた浦島太郎になってしまうのよ。そして、さびし病の症状に苦しむ。可哀相。でも、だからこそ、可愛い。その可愛さを見届けられないかもしれないわたしだけれど、想像は出来る。そして、それが確信に変われば、目標も生まれる。さほど遠くない未来に、夫は、妻の不在によって、重度のさびし病の患者となる。さ、太郎さんの大好物でも作ろっか。

　仕事も順調で経済力もある。世の中にも認められ充実した日々を送っている。ある種の人々には羨望の眼差しを向けられているわたしに、こんな疑問を抱く人もいるだろう。

「ねえ、なんで、そんな不実な男に執着するの？」

　それには、こう答えるしかない。だって、太郎さんなんだもの、と。欠点だらけでも、太郎さんなんだから。たとえ、わたしが若い絶世の美女だったとしても、彼を選ぶに違いない。何故、あんな男？　なんて失礼なことを言われたってへっちゃら。蓼食《たで》う虫も好き好き、という人間の不変の真理がそこにあるのよ。そして、それを素直に受け入れてこそ、人生は味わい深くなる。蓼酢のない鮎の塩焼きなんて全然つまんないじゃないの。

　そして、これは、わたしの持論だけど、経済力のある女ほど、男を財力で選んだりしないものよ。そういう女が男に尽くすのは、純粋なる奉仕。スペック云々を持ち出すシャビーな小娘とは訳が違うのよ。深情けを湯水のように使える特権を手にしているんだから。

わたしには太郎しか身内がいない。両親はもうとうに他界して、たったひとりだけいる姉とは絶縁状態だ。会社を辞めてフリーになってからの何年間かは、経理を担当してくれたけれども、その内、少しずつ数字を誤魔化すようになった。男に貢いでいたのだ。それなのに、自分を差し置いて、売れないイラストレーターの太郎を養っているわたしにケチを付けた。才能なんかないくせに、とののしった。

わたしの太郎を悪しざまに言うなんてあり得る？　あんまり腹が立ったので追い出した。絶交を宣言した時、あの人は、こう言った。

「実の姉とあんな男のどっちが大事なの!?」

ふん、馬鹿ね。男に決まってるじゃないの。この瞬間、実の姉は「あんな姉」になり、あんな男は「実の男」になった。形勢逆転。さっさと消え失せなさい。そして、男に貢ぐのなら、自分で稼いだお金でどうぞ!!

わたしの生まれ育った家は、とりわけ貧しい訳でもなく、家族間にさしたる問題もなかった。でも、そこに温かさは全然なかった。少なくとも、わたしには感じられなかった。自分以外は体温が低いように思えた。

定時に出勤して、寄り道もせずに帰宅する父。ひと昔前の料理の本を参考に、計量カップとスプーンで同じ味を作る母。ルーティーンの一汁三菜は、本当に退屈な献立だった。食卓での無駄話は禁じられていたから、笑いもなかった。もちろん、両親には晩酌の習慣もない。姉もわたしも、よく耐えたと思う。けれど、父と母が相次いであちらの世界に旅立ち、わたしたちは、保冷用ボックスのような家から放り出された。そして、外の暖かさに触れて、のびのびとしたのだった。

そうしてみて初めて、わたしは、自分と姉がまったく異なる種類の人間であることに気付いた。二人共、両親がいつのまにか作り上げた同じ鋳型に、無理矢理押し込まれていただけだったのだ。

わたしは自分の足で立ちたい女で、姉は、誰かに寄り掛かりたい女だった。唯一の共通点は、父と正反対のタイプの男が好みだったこと。とは言え、太郎と姉の選んだ男に、何の共通項もなかったけれど。

太郎は、目に見えないものの価値をすくい取る才に長けている男だったが、姉の男たちは、どいつもこいつも即物的で、浪漫の欠片もない人種のように見えた。リシャール・ミルの時計を腕に巻いてさえいれば、どんな人物でも尊敬してしまうような拝金主義の男。要するに俗物。そんな輩が事業に失敗したからって、何だってわたしの収入で補塡しなきゃならない訳？

男でも女でも、わたしの好きな人のためなら、どんどんお金を使ってあげる。困っているのを見捨てたりはしない。だって、わたし、お金持ちだもの。でも、嫌いな奴には一銭だって嫌。わたしがひと振りする塩少々ってやつは、砂金以上の価値があるのよ。ずるい気持で、その恩恵に与ろうとする奴らなんて、しっしっ、あっちにお行き。

　こんなわたしを、姉は情がないとののしったりもした。でも、それが正しくないのを彼女も解っていたと思う。むしろ、わたしは愛情深過ぎる方だ。だから付け込まれないよう用心しなくてはならない。で、そうして来た。

　博愛主義を装いながらも、対峙する人間の本性をチェックする機能に、いつのまにか長けてしまったわたしの眼。血がつながっている姉にだって、それは働くのよ。この女、駄目。隙あらば、わたしから何かを奪い取ろうとしている。そんな姉のこすっからい正体を見抜いた時から、わたしには人間を査定する力が授けられたのだ。一皮むけるってやつ？　もう冷えた家に置かれていたお飾りのお嬢さんじゃなくなったのだ。

　わたしは、世の中で言われるような価値観で、ものを見ることも人を選ぶことも必要ない、と知ったのよ。自分にとっての温かいものだけに目を留めて、それを大事にして行けば良い。何が人情かはわたしが決める。

　そんなふうに目覚めた「新生わたし」が慈しむことに決めたのが、太郎だったという訳。初めてわたしに、生きるのはおもしろいというのを見せてくれた人。生まれて初めて見たものを親だと認識してしまう雛鳥のように、わたしは彼をおもしろさの起源と感じたの。人生は、彼によって、温かく、味わい深く、首ったけになるに足るものだと知らされたのよ。

だから手放したくない。若い女との火遊びくらいで。そう思っているわたしをいいようにしているずるい男、と呆れる人もいるだろう。でも、それは違う。太郎には、ずるさの欠片もないのだ。彼は、ただお馬鹿さんなだけ。他の女とねんごろになってしまってから、あ、間違えた、と気付いて、わたしの許に戻って来る。それは、自分を正しい位置に戻すのと同じ。わたしという磁石がないと、彼は軌道を見失ってしまうのだ。

女と別れて、さっぱりと憑きものが落ちたような様子になって、太郎は言う。

「やっぱ、喜久江がいないと落ち着いて、絵、描けないわ、おれ」

そうね。芸術家にすったもんだは付きものだけど、すったもんだを終えて自らを整える場所も必要ね。わたしが太郎に対してそうであるように、彼もわたしを手放したくないのよ。

前に、助手の長峰の代わりに手伝いに入ってくれた亀井恵が言っていた。

「体の浮気は許せても、心の方は許せませんよねえ」

何事もなかったかのように、太郎の浮気を見過ごしているわたしは、この亀井と同じような女に思われるかもしれない。でも、わたしにとっては、体も心も大事。他の女に汚染されたくなんか、ない。それが正直なところ。でも、もっと重要なのは、彼が彼でいられるかということ。

だって、太郎は、わたしに人生のおもしろさを最初に教えてくれた親だもの。親を守るためなら、色々なことに耐えられる。本当の親たちには、これっぽっちも感じられなかった深い愛情を彼には抱いている。血のつながりって、本当にはかないものね。今では、あの姉のことなんか、思い出しもしない。

時々、太郎は、唐突に、ごめんな、と言う。え？　何が？　と尋ねると、いや、べっつに～～と微笑んで終わり。ある時、何？　なんなのよ、と問い詰めたら秘密を打ち明けるように言ったのよ。

「おれなんかで、ごめんな」

その瞬間、太郎を真底いじらしいと感じた。いいよ、もう、いい。なんでもいい！　あなたはあなたでいてくれれば、それで良いのよ、太郎さん！

こうして、何日かに一度は、心に火を灯してもらい熱くなり、そこから、じんわりと体もあったかになって、わたしは、改めてかけがえのない夫の存在を意識する。

無事でいてくれれば良いのよ。セックスより健康。出来心より信頼。そこらの牝犬には想像も付かないであろう、妻の境地。他人に理解してもらえなくたって、全然かまわない。

でも、じゃあ、今、わたしは何故こんなにも、落ち着かなくなっているのだろう。ここのところ、気持は、ずっとざわめいている。

この間、試食を兼ねた昼食会で、桃子がグラタンを食べるのを見た。太郎と同じように焦げ目に容赦なくスプーンを入れて、ざくざくと混ぜていた。

「あら、桃ちゃん、焦げ目のゴールデンブラウンは、もっと大事に食べなきゃ」

桃子は、唇のはしに付いたホワイトソースを舌でぺろりと舐め取りながら笑った。

「ですよねー。私、なーんか、こういう完璧な出来上がりのもの見ると、ぐちゃぐちゃにしたくなっちゃうんですよ。良くないですよねー」

「……そうね、ビビンバ……ピビムパプ？　とかならともかく」

「それより、先生、このグラタンの牡蠣、ちょっと塩、きつくないですか？」

あ、私も思った、と智子。

「ほんと、そうね。わたしとしたことが」

「弘法にも筆の誤りってやつですかね」

桃子の言葉に、何故か鼻の奥がつんとした。チコリ、アンディーヴ、エンダイヴ、チコリ……いくつものおいしい呼び名。ぐっとこらえる。涙の濃度は味に出にけり。

chapter 6

husband

夫

その人のどこが好きなのか、と惚れている異性に関して尋ねられた時、即答出来る奴はすごい。おれだったら、そんな質問をされたら、うーむとか、ふーむとかしか出て来ない。何故なら、これこれこういう理由でこの女に惹かれている、と言語化する前に、相手に吸い寄せられてしまうから。

よく、友人同士として付き合う内に、いつのまにか男と女であるのを意識し始めた、なんて告白する男女関係の記事とかありますよね。ほら、女性週刊誌とかの熱愛スクープで。あるいは、義理で出席した結婚式で無理矢理聞かされるこんなスピーチ。御二人は、職場での信頼関係を少しずつ深めながら愛を育み、今、この場にいらっしゃるのです。なんか、テカテカしたおでこのおっさんとかが、そんなことを御満悦な表情で言って、皆、拍手、という流れ。

友人同士かあ、信頼かあ、とそういう時、おれは笑い出したくなってしまうんです。男と女を予定調和で語るなよ、と腹立たしくもなる。そんなご大層なもんかよ。友情や信頼が性欲を生むか。そして、何をどうやったら、そこに火を点けられるのだ。

おれは、男と女の始まりは、そそる、そそらない、からに限ると思っているんです。そのセンサーに引っ掛からない限り、特別な相手として認識出来ないのではないか、と。え？　あまりにも動物的？　でも、当り前のことですが、人間だって動物です。生理的な好悪で相手を選ぶものと、おれは信じているんです。すべては、一番初めの直感ありき。

　もちろん、その直感がすべて正しいという訳ではない。後々の関係に少しも影響しないこ とだってある。直感に従って寝てみたら、あれま、違ってた。ここは、ワンナイトスタンドってことで、よろしく！　なんて場合もあります。時々、違ってたと気付くのが片方だけで、やはり正しかったと確信してしまう側との大々的な軋轢などが生じる災難もこうむりますが、それは仕方ない。甘んじて受け止める。台風の後のアンテナ、も一回、立てなおーし！

　直感で征服欲を刺激され、子供のように欲しい欲しいと駄々をこねて受け入れさせ、そして今度は奉仕の心を全開にする。互いに、その応酬が出来るのが理想。そして、息せき切って、それをまっとうした後に、ようやくひと息ついて冷静になる。

　ここまでが第一ゲートなんです。それをくぐらない色恋なんて、おれ、認めない。そこまでに、どんなに時間がかかっても許すよ……って、あんた何様と言われるのは百も承知ですが、要は、どんな友情だろうが信頼だろうが、「そそる」という発露がない限り、男と女の領域には行かないってこと。

　今となっては気恥かしい感じもしますが、おれと妻の喜久江だって、出会った頃には、日がないち日、飽きもせずに互いに貪り合ったものです。「そそる」が高じて熱病のようになったものです。

喜久江の勤めていた食品会社の広報室で小さな仕事をもらい、そこから付き合いは始まりました。

初めて見た時から、この人、もっちりとした体してるなあ、と思ったものです。今でこそ、「もちもち」というのは、旨いもんの食感を表わす言葉になっていますが、女に対して、それを使ったのは、おれが人類初ではないでしょうか。やり心地良さそうだなあ、とノースリーヴから出た二の腕を見てこっそり感嘆してしまいました。もっちもちじゃん！

そして、こちらに吸い付きそうな肌なのに、さらさらしている。いや、触れる前でしたが、そう見えた。大福にまぶした餅取り粉というか、フィキサチーフをスプレーする前のファーバーカステル社製を使用したパステル画というか……（ほれ、おれ、イラストレーター志望の美大生でしたから）。

体が熱くなって、ぼおっとしてしまいました。でも、おれの股間は、そそる大福餅のような女を前に、虎視《こし》眈眈《たんたん》としてもいたのです。ぼんやりと心ここにあらずのように見せかけながら、実は、すみに置けなかった、おれ。

妻がずい分年上だと知ると、おれを心の広い男のように勘違いする人がいます。年齢に対する偏見を持たない、ものの解った男みたいに。そんなニュアンスを滲ませた語り口で接して来られると、真底馬鹿にしたくなって来る。

世の中がどんなに進んでも、結局は、男が年上、女が年下、という組み合わせが好ましいとされてしまうこの日本の社会。なっとらん！　もっとフランス映画でも観て、愛に対して成熟しろ。いや、おれも実はフランスのことは何も知らないので、喜久江が作ったクロックムッシュなどを食べて、かの国の恋愛事情に思いを馳せてみるのでした。

喜久江の作るクロックムッシュは旨い！　要は、ハムチーズトーストなんですが、パンにはたっぷりとホワイトソースが染み込ませてあって二段になっているのです。

時々、目玉焼きも載っています。これは、子連れだからクロックマダムと呼ぶのだとか。そう言えば、おれたち夫婦は、子供を作らないままで来てしまいました。一度だけ喜久江が悔いを残したような口調で言ったことがあります。

「太郎さんの子、産んであげられなかったけど、良かったのかしら」

おれは、全然全然と言って、喜久江の肩を抱き、まったく気にしていないと告げました。すると、彼女は、目尻に涙を滲ませながら、ぼそっと呟くのです。

「優しいのね、太郎さん……」

あああ、と叫んで暴れ出したい気分でした。何故また、そこらにいるつまんない女みたいなことを言う！

沢口喜久江は、自分の仕事に確固たる自信を持っています。それは、仕事場のスタッフに対する態度や、対外的な場での振る舞いを見ていると充分に伝わって来ます。

それなのに、おれに対しては、仕事の出来る自分を負い目に感じていると暗に訴えているかのようなのです。なあ、それ、なんで？　女が男を追い抜くもんじゃない、という伝統が、そうさせるのでしょうか。

夫婦という最小単位の関係性の中で、仕事の出来る女が肩身の狭い思いをしている事実。案外、少なくないのかもしれません。これも、夫を立てるという悪しき伝統から来る妻の務め故。いまだに因習に縛られているんです。悪いけど、おれ、仕事の出来る女大好き。そういう女と暮らす方が、こっち、楽出来るから。

ついでに言えば、おれ、子供なんかいらない。こんな自分の遺伝子、残したくない。だいたい、こっちが相手の体に飽きて来た頃になって、子供云々とか持ち出すんだよな、女って。昔、同業者で、おれの子供を産んでくれ！　と言って、女を口説く奴がいました。酒の席で隣り合わせになった女には必ず言う。そして、ある時はぶん殴られ、しかし、別のある時には、きっちりとコンセンサスが得られて二人で帰っちゃった。あいつらの後ろ姿、まさに手に手を取ってって感じだった。そそられたんだな、お互いに。でも、それと子作りを結び付けるって、どうなんでしょう。子作りを理由におのれの性欲怪獣を肯定すんな！

子供っぽいと言われても、おれ、生殖とセックスをどうしても結び付けられないのです。無責任のそしりを免かれないかもしれませんが、好きな女を抱く時に、子供のこと持ち出されても困ります。コンドームは身だしなみと思いながら装着するようにしています。昔の紳士がソフト帽を被るような、あんな感じ？　内輪でくつろぐ時には、帽子を脱いだままになります。だから、喜久江とそういうことをする時には、着けません。もっとも、一緒に裸で寝る機会など、今では、ほとんどありませんが。

つまり、おれはもう妻にはそそられないのです。ひどーい！　と言われそうですが、本当にそうでしょうか。どんな夫婦も、時が経てば、程度の差こそあれ、相手にそそられなくなって行くのではないでしょうか。ここが、性欲と食欲の違うとこなんだよなー。

おれは、朝起きて、目にした白飯にいつでも食欲を刺激される。食べたいと思う。求める。でも、妻を見て、性欲を刺激されるという訳には行かない。いつの頃からかそうなってしまいました。食べないと死ぬけど、やらなくても死なない。その生物としての仕組みが、おれの性欲を退化させるのでしょうか。

時々、夢想してしまうんです。起き抜けの自分の、目の前によそってある、ほかほかの白ごはんのように、毎朝、飽きずに欲しい！　この空腹を満たして欲しい！　と強烈に感じさせる女が、この世にひとりくらいは存在している筈だ、と。

では、おまえは女にとってのそういう男になれるのか、と言われれば、はい、ぐうの音も出ません。身勝手なのは百も承知。ただのたわ言です。だけど、そんな女に出会ったら、おれ、浮気しないんじゃないかなあ。まあ、そういう女とどうにかなったら、別の苦労があって、長いと思っていた人生も太く短く終わってしまうのかもしれませんが。

こんな詮ないことに思いを巡らせながら日々を送っているおれですが、けれども、妻を愛していない訳ではないんです。いや、ややこしい言い方をしてしまった。おれは、喜久江を愛している！　それだけは確信を持って言えるのです。彼女は、かけがえのない存在。いや、マジで。

——沢口先生にとって、「食」とはひと言で表わすと、どのようなものですか？

「人生ね。ほら、『美味礼讃』を記したブリア＝サヴァランが言っていたでしょう？　ふだん何を食べているのか言ってごらんなさい。あなたがどんな人だか言ってみせましょうって。人の体は食べたもので出来ているんです。そして、その体に付随して心がある。人生を形造って行くこついの基本は食べることで成り立っているんです」

リヴィングルームに置きっ放しになっていた食の専門誌をめくっていたら、喜久江がインタヴューでそんなふうに語っていた。

うひょー、かっちょいいーっ、さすが我が妻、良いこと言うなあ……なんて、このおれが思う筈もありません。こういうりっぱな台詞を読んだり耳にしたりするたびに、その神々しさに、おれの股間にあるものは、何度も頭《こうべ》をたれ、仕舞いには意気消沈したままになってしまうのです。

「どんな食材でも、わたしの手にかかれば人を幸せに導くおいしさが引き出されると信じてるの。たとえ、それが萎びた野菜でも、熟成し過ぎたお肉でもね。為せば、成る！　の精神よ！」

　ある日、録画した料理番組を二人で観ていた時にテレビの向こうの喜久江が言った言葉です。

「これ、言い過ぎじゃね？」

　そう？　と言って、喜久江は画面を前に戻して、映像チェックに余念がありません。

「腐った肉でもおいしくなるってさあ……観てる人、真似して、腹壊したらどうすんの？」

「あのね、腐った肉じゃないの！　悪くなりかけた肉！　熟成してるってことよ！　アミノ酸が一番増える腐りかけの肉こそ、料理人の腕の振いどころなのよ。それに、何も、家庭で奥さんたちに真似しろとは言ってないじゃないの。わたしの手にかかれば、って、ちゃんと断わってるわ」

　仕事の領域に口を出すと、いつも、おっとりしている喜久江が別人のように熱を込めて話し出したりするのです。はあ、ますます神々しい。股間、いっそうへりくだる。

「じゃあさあ、喜久江のまわりで煮ても焼いても食えないのって、おれだけじゃん」

　そう言った途端、喜久江は、ひたとおれの顔を見詰めたままになりました。

　嫌みを滲ませたのが通じたか、と黙ったきりの喜久江を気づかおうとした瞬間、彼女は、にいーっと笑ったのです。

「大丈夫！　沢口喜久江なら、靴底だって、おいしく食べさせられる筈よ！」

た、頼もしい……っていうか、おれって靴底？　誰から見ても、おいしそうな男だもん。

「ただのたとえよ。太郎さんは、どこから見ても、おいしそうなままでいさせてあげる」

わたしが、ずっと、おいしそうなままでいさせてあげる」

　再び、た、頼もしい！　しかし、頼もしさには、そそられないんだよ、おれのちんぽは。

　沢口くんは喜久江さんからは離れられないよ、と言ったのは、おれの美大時代からの師匠である三井《みつい》シンヤさんです。この大御所イラストレーターは、若い頃から艶福家で知られ、数々の浮き名を流して来ました。御相手の方々のヴァリエーションは多岐に渡っていて、老いも若きも、美女も醜女《しこめ》も、といった調子。あ、醜女と言ったからって差別した訳じゃありませんよ。三井さんによると、醜女とブスには天と地ほどの違いがあるとか。

「沢口くん、ブスという言葉ほど無粋なものはないよ」と、師匠。

　ブスと無粋……駄洒落か！

　三井さんは言います。

「ブスは、世間一般に迎合した価値基準だが、醜女は、極めて個人的な嗜好によって選ばれた情人への最大級の讃辞なのだ」

「へー」と、おれ。

「愛情深い醜女の魅力に気付くには、沢口くんは、まだまだ未熟であるね。そこいらの若造の域を出ていない」

「へー」と、再び、おれ。

会うたびに、三井さんから、こういった意味不明の薫陶を受けるおれ。役立つ日がいつやって来るのかは解らないが、発見はある。

「喜久江さんという出来た奥さんがいるのに、きみは、他の女に目移りしてふらふらする。そして、周囲から言われるだろう。あんな良い奥さんがいるのに、なんで愛人なんか作るの？　と」

「はあ、言われてるみたいですね」

「でも、その時々に、それらの愛人たちは、それなりにいい女である」

「です。でした……いや、です」

「でも、誰もこう言わないだろ？　あんな良い愛人がいるのに、なんで奥さんと別れないの？　と」

「そういや、そうですね。なんで、ですかね」

「さあ。それは解んないけどね」

解んないのかよ!!

「しかし、これだけは言えるね。妻という存在は、よほどの悪妻でない限り、世間を味方に付けているんだ」

「それは、思います」

「男は、味方のいっぱいいる妻より、自分ひとりしか味方のいない女の方に欲情するもんなんだよ。多数、対、単数の構図。単数の方がはるかにセクシーではないか」

……こういう問答で、いつもおれを煙《けむ》に巻く師匠、御年齢七十五歳。先生と呼ばせるほどの爺さんにあらずと、自分を「さん付け」で呼ばせるこの師匠は、何度めかの結婚離婚をくり返した後、現在も若いガールフレンドと同居中なのです。

「喜久江さんは、今、大多数を味方に付けていて、きみをそそらないだろう。でも、死ぬ時は、たったひとりの単数だ。沢口太郎くんは、そのことを勘で理解している。私の優秀な弟子だよ」

「あの……誉められてます？」

三井さんは、答えをくれないまま、ひゃっひゃっひゃっひゃっと笑って自分の言葉に悦に入っているようでした。食えないじじいだ。喜久江に調理してもらえ。

モモ……、とおれは、今現在、自分の身も心も引き付けて止《や》まない女のことを思うのでした。

身も心も……ボディ　アンド　ソウル……。そうです。この二つ共、すっかり桃子に持って行かれている。

始まりは、毎度そうであるように体でした。見るたびに触れたい気持になり、触れれば服を脱がせたくなり、脱がせれば体を合わせたくなり……と、いよっ、好色一代男！　と掛け声を発してしまいたくなるような自分。あんまり慣れていない女が、少しだけ慣れて来る、そんなあたりが発展家の醍醐味と信じていました。

　しかし、醍醐味は、はかない。だからこその愉悦なのですが、馴染み過ぎたら、もういけません。気をつかわずにすむようになればなるほど、服は着たままでいてねっ、と頼みたくなる。で、そうなると、服を着たままの女と、どれほど楽しめるかが問題になる。スカートをまくり上げてことに及ぶとか、そういうんじゃないですよ。

　時々、服を脱がなくなっても、おもしろさを保つ女がいる。でもその人は、もう、おれの女じゃなくなったって感じがする。じゃあ、友達になれたのかっていうと、それも違う。わだかまりのない、昔の女。それだけ。おれ、かつて付き合っていた女を、友達呼ばわり出来ないんです。なんか図々しい気がして。

　桃子は、ものすごく久々に会えた、服を脱いでも脱がなくても、おれを天国に連れて行く女。そんな気がしている。体の結び付きが会話を生み、言葉のやり取りが情交の前戯となる。時には、語らいさえ無用のものとなる。視線や溜息の交歓ですら、愛のよすがとなる……ちっ、喜久江が時々読んでいる山田ナントカって女の作家が書く恋愛小説みたいで、死にそうに恥ずかしいけれども、これ、本音。恋をすると、誰もが物語の主人公になるって、本当だったんだね、山田さん！

　何を画策するでもなく、飽きない飽きさせない関係が、どこかにある筈と信じていた。もしかしたら、おれが今、手に入れているのがそうじゃないのか。キタローーーー!!　と言いながら、おれの胸に飛び込んで来る桃子。この瞬間をつなげながら生きて行きたい。他の煩わしい事柄に関して、今だけは考えたくない。

と、ここに至って、はっと我に返るのです。おれは、妻の喜久江を煩わしく感じているのか、と。答えは、きっぱりと否。二人の女は、おれの中で同時に存在している訳ではないのだ。桃子を愛でている間、喜久江の残像は、よっこらしょっと衝立の陰に移動させておく。そうさ！　おれは稀代のちゃっかり屋さんさ！　とたいした罪の意識もなく開き直っているのです。ひでえ。

でも、よその女にうつつを抜かしている既婚者の男って、こんなもんじゃないですか。あ、ちょ、ちょっと、今だけは目をつぶっていてちょうだいよっ、後、少しだから、と。

何が後少しだ！　と言いたくなるでしょうが、仕方がないんです。ゲームの佳境で、ごはんだから、手ぇ洗ってらっしゃーい、と言われた時の子供の苛立ちと同じなんです。もうちょっとだって言ってんだろ、ママのばかやろーっ、みたいな。

だから、可愛いもんなんです。「後、少し」と言えるような関係性なら。問題なのは「後」の見えない、いえ、後なんか見たくないと思ってしまう場合。つまり、本気。でも、ずるい本気。離婚する気はない。でも、彼女とは別れられない。そんな都合の良い考え方はないだろうとのそしりを免かれないのは百も承知。でも、これだって、おれにとっては、本気のひとつの形態なんです。あ、ぶたないで。

　こういうおれみたいな男を「ちゃらんぽらん」と言うんでしょうね。それは解っているんです。仕事も家庭も恋も、どことなく中途半端にこなしている。そんなふうに人から見られているであろう、おれ。でも、本当は自分なりに必死なんです。だけど、それを知られたくなくて、ただへらへらと笑っている。ちょっと哀しい。

　そういう時は、飄飄《ひょうひょう》と振る舞うことにしているのですが、本当に段々、飄飄とした気分になって来るから不思議です。それ、ただの投げやりってやつじゃないの？　と言われるかもしれません。しかし、ただの投げやりじゃない。明るい投げやり。

　そのイメージを自身に当てはめることは、かなり良いアイディアのように思えました。ふと気が重くなりそうになる時、それを消し去るために、どこ吹く風というポーズを取ってみる。すると、本当に身軽な自分になれた感じがして来る。つい軽薄な言動が外に現われ、楽し気な雰囲気に包まれる、おれ。

　そんなおれを、喜久江は、絶対に見逃がすことなく、仕様がないなあ、と思いやり深さをもって諦めるかのように肩をすくめるのです。

「もう！　太郎さんたら呑気なんだから!!」

　こうも言います。

「太郎さんみたいな極楽蜻蛉《とんぼ》は稀少価値ね！」

そのたんびに、おれ、ああ、この人が妻で良かったーーっ、と感じるのです。気持が、すうっと軽くなって行く。感謝、感謝。

けれども、同じような局面で、桃子は、こんなふうに言うのです。慈愛に満ちた表情で、憐みを滲ませたような口調で。

「キタローは、さみしがり屋さんなんだねえ」

こうも言います。

「キタローみたいに、いじらしくがんばってる子は滅多にいないよ」

年下の女に、こんなふうに見くびられているおれ。でも、桃子から言われると、じん……としてしまうのです。そんなこと言うと泣いちゃうぞ泣いちゃうぞ！　とわめき出したくなる。でも、大人ですから、そうはせずに、こらえる。すると、ひたひたと、この女の側にいるありがたみが胸に押し寄せて来るのです。

ひとりきりでいる時、自分の居場所についてのあれこれを、考えるともなく考えていたりするのですが、脳裏には、喜久江と桃子の顔が交互に浮かぶ。決して同時に浮かぶことはありません。つまり、おれは、二人の女を両天秤にかけている訳ではないのです。

平行した二つの世界のそれぞれの中で、おれは、別々の女を必要としている！

世にはびこる不倫ドラマなどを観ていると、妻も愛人も、こんな台詞を吐くのです。

「私のどこがいけなかったって言うの!?」

あるいは、

「あの女のどこが私より良かったたって言うの!?」

その質問、どっちも不適切なんだよ。二人の女に優劣なんて付けらんない。比較級の問題じゃあないんだよ、男と女の情愛ってやつは。そんな質問をされたら、こう返さなくてはいけないだろう。悪いのは、きみじゃないって。そして、そこで関係は途絶える。おれだって悪くない、ということとん身勝手な思いを残して。

しかしながら、喜久江も桃子も、そんな陳腐な質問とは無縁な女たちなのでした。そのおかげで、おれも愚かな男になるのを免かれている。いや、傍目には充分に愚かなのでしょうが、男女関係においては、第三者を巻き込まない限り、常に自分が花形役者なので悪しからず御了承下さい。

つまり、おれは、何の反省もなく生きているのでした。最初に喜久江によって付け上がらせてもらったおれは、桃子に行き着いて自己憐憫に浸ることを覚えた。どちらもおれの心の糧、体の栄養源として必要不可欠なのです。

いい御身分だな、と吐き捨てる人もいるでしょう。反論はしません。そうなのです。おれは、本当に良い（御）身分なのです。

その昔、両親に喜久江との結婚を報告に行った時のことです。母は、十歳も年上の息子の相手を疎んずるどころか、最大限の好意を持って受け入れました。

「良かったわ、年上の奥さんで。ねえ、喜久江さん、自分の息子をこんなふうに言うのもなんだけど、この子はたいしたうつけ者よ。いいの？　それでも」

「……うつけ者」

くり返して、おれの顔を見詰めた喜久江の優しさに満ちた表情と言ったら！

「この沢口家はね、主人も、太郎のお兄ちゃんも弟も、みいんなほわほわしてて地に足が着いていない感じなのね。その分、義母《はは》と私と一番下の娘が、なんでも潔く決めちゃう。女性上位って訳。喜久江さんにも、遠慮なくばしばし太郎のこと鍛えて欲しいわ」

側で、膝に載せた猫を撫でながら、父が笑顔で頷いていた。いつもの光景。相変わらずの母の正し過ぎるスピーチ。でもさ、おれ、やなの、そういうの。

帰り道、喜久江が言っていました。

「なんか、お義母さん、男女平等！　って感じだったわね」

「疲れるだろ？」

「ううん。いい人なのは伝わるもの。でもね、わたし、男女平等の名の許に役割を決められるのって、どうかなって思うの。それって、人によっては不自由じゃない？」

「喜久江にとってはってこと？」

「うん。わたしは、好きな男の人のために料理を作って、一歩下がってその人を立ててあげるってのも好き。なんだったら三つ指ついても良いくらい」

なんて可愛いことを言うんだ！　と感動しました。いいよ、もう、おれが三つ指をついたっていい！　地に足が着いてないと言われ続けているおれだけど、指の三本くらい、いつだってついてやる！

そう宣言すると、喜久江はコロコロと笑って、諭してくれるのでした。

「馬鹿ね、太郎さんたら、三つ指をつくって時には、指六本必要なのよ」

おれたちは顔を見合わせて、自分たちの会話のくだらなさに大笑いしたものです。その時、おれの「いい御身分」は定位置を得たのです。

男女平等か、とおれは溜息をつきます。ちょうど団塊の世代とやらに当たる母は、フェアであるのをスローガンのように標榜して来ました。当時、ウーマンリブとか呼んでたやつ。あれ、おれは苦手でした。男の方が偉いと思っていたからじゃありません。むしろ、その反対。おれ、どっちかって言うと、女に引っ張られたいタイプなんだもん。女に色々決めてもらって、その通りに引き摺られて行って、時々、ふらふらと脱線したり、道草を食ったりするのが理想。

そんなふうなおれだったので、しゃきっとしなさーい、といつも息子たちを叱咤していた母の思惑から微妙に外れて行き、何ともだらしのないフェミニストもどきになってしまったのです。そして、男性上位を良しとする封建的な男たちとは全然違うやり方で女を傷付ける……いや、傷付けたこともあった。ええ、馬鹿じゃないから、その点に関しては解っているんです。学生時代からの友人、玉木洋一には、馬鹿どころか、大馬鹿と言われ続けていますが。

「別れ際に、ものすごい悲痛な顔して泣いたりするじゃん。あの時の呻き声みたいな嗚咽で、自分がこの女をどれほど傷付けたかは解るさ」

そう真摯に語るおれの顔をまじまじと見て玉木の奴は頷くのです。

「ぼく、今になって、ようやく解ったよ」

「は？　何が」

「馬鹿な子ほど可愛いって言葉の意味が」

おい！　と気色ばむおれをなだめながら玉木は続けました。

「悲痛な顔で泣いたり呻いたりすることなく傷付いてる女だっているんだよ。ぼくは、そっちの方にそそられるね」

「いや、最初にそそられた時には、おれだって、そんな顔させるつもりなんか、まったくなかったんだよ」

「太郎くん、ぼくの言わんとすることが、まーったく解っていないね？」

「解ってるよ！　おれが可愛いって話だろ？」

玉木が、ぶふっと噴き出しました。

「その前に、馬鹿だからって付くんだよ！　でもさ、実を言うと、ぼくもどっちかって言うと、女に引っ張られたいタイプ。だけど、それ、ぼくがフェアでごりっぱな人間だからじゃないような気がする。女にかしずくのが好みってだけで」

　ここで、おれと玉木はバディ意識に似たものを共有して目を見交わすのでした。

ごりっぱな人間だからじゃない、か。確かに、おれたちが男女平等なんて声を大にして語ったりしたら、どうにも面映い。密室の男と女に真の男女平等はありやなしや。

と、ここで思い付いたのですが、妻と愛人は、そもそも平等なのだろうか。差別は許すまじ、という正論から行けば、人間平等、男女平等、女同士平等ということになるけれども、はて？　と考えて、おれは冷汗をかくのです。

　桃子は、おれの妻の存在をあらかじめ知っていて関係を持った。しかし、喜久江は、おれと自分の助手の関係を知らないままである。……え〜っ、ちょっと、これって不平等なんじゃないの？　でも、その不平等、正す勇気、おれには、全然なし！　それなのに……。

　近頃、知らない人の握ったおにぎりを食べられない若い人が増えているらしいわねえ、と、この間、喜久江が呆れたように言った。

「太郎さんはどう？」

「おれもちょっと苦手かな、喜久江のに慣れてるし」

　そうしたらこう返したのだ。

「じゃ、桃ちゃんの握ったのは？　この間、機嫌良く、実においしそうに食べてたわね」

　愛は握り飯にすら滲み出にけり、なのか!?　平等！

chapter 7

lover

恋人

「ねえ、単刀直入に聞くけどさ、桃子、沢口喜久江のだんなと何かあった？」

古くからの友人である田宮緑に、突然尋ねられて驚いた。何？　なんで知ってるの？

私と太郎は、自分たちが特別な間柄であるのを、まったく匂わせることなしに今まで来た。節度ある距離は保っていたけれども、出くわせば好感を持つ他人同士として、にこやかに挨拶を交した。周囲には、極めて自然に映った筈。

「さあね。自然過ぎたのかもね。そんな様子から背徳の匂いを嗅ぎ付ける奴って、案外、身近にいたりすんのよ」

「背徳？　まさか!?　私とあの人の間に、そんな雰囲気、まるでないよ？」

あの人、ねえ……と言って、緑は興味深気に私を見る。

「確かに背徳ってのと、あんたは相容れない。でも、他人が二人の間を背徳的と思えば、それは背徳になってしまうの」

「……緑、もう既に、私と沢口先生のだんなさんが付き合ってるのを前提に話してる」

「そりゃそうよ。そのだんなって、私は直接会ったことないけどさ、耳に入って来る情報から察するに……」

「察しなくていいよ、別に」

私は、緑の物言いがおかしくて、つい噴き出してしまう。

「いや、察するよ。その結果、沢口喜久江の夫は、非常にあんた好みであると断定した」

「勝手に断定すんなよ」

「するよ。いつからの付き合いだと思ってるの？　桃子が、ピンと来たら、恋に落ちる前に体の相性が良いかどうかをチェックする習性ありだっていうのは、ようく知ってる。そして、体が合ったら、お互いの内面のあれこれを照合する」

「……照合って……犯人捜しみたいに……」

私が呆れると、緑は、ずいっと顔を寄せて、白状しろ、と言わんばかりに言う。

「違うの？　あんたの男って、いつも、あんたの共犯者じゃないの。チンケな共犯一味か重大案件の共謀者かの違いはあれ、二人きりで、ただならない火を熾《おこ》してる」

「え？　なんかそれ、ロマンティックだね」

「そうとも言えるね」

「確かに、私は、共犯者同士のように男と付き合うけど、でも、でも、私、罪を犯したりしていないもん」

解ってるよ、と慰めるように呟いて、緑は、シャンパングラスを口に運ぶ。今日は、二人共休みで、彼女の家で夕方から飲んだり食べたりしている。肴はすべて、彼女の仕事であるケータリング用食材の余りものだが、さすがプロだ。このままアミューズ・グールとして客に出せるくらいに、アレンジしてある。フードロス回避の作とは思えない。

「私が桃子を好きなのは、そういうことを臆面もなく言ってのけるところだね」

「そういうこと？」

「人の男と寝ても、罪なんか犯してないって堂々としてるとこ。罪の意識を引き立て役にして、めくるめく想いを味わっている女とは違う。私も、女と男の関係において、何が罪で、何がそうでないかなんて解んない。当事者でもない人間が裁きを下すなんて、とんでもないことだと思う」

でもね、と緑は続ける。

「世の中は、そこで罪の意識を持たないあんたみたいな人間を忌々しく思うのよ。男女のことに限らない。人は他人に、嘘でもいいから罪の意識を持っているって表明してもらいたいものなのよ」

私は、ふと太郎のことを思い出した。彼も、たぶん、罪の意識を持たない人種に分類されるだろう。私と似た者同士だ。けれども、私たち、罪の意識は持たなくても、日々、自己反省はくり返している。

「に、してもなあ……まさか、うちが担当したパーティの会場で沢口喜久江に出会って、とんとん拍子に彼女の弟子になって、ついでに、だんなと不倫しちゃうとはねえ、ちゃっかりしてるというか、見上げた女というか」

「お言葉ですけどねっ、ついで、じゃないし！　それに、不倫なんて、人から言われる筋合いないもーん。倫理が何かは自分で決める……なんて、すいません、偉そうで」

いいよ、と言って、緑はシャンパングラスを目の上に掲げて見せる。フルート型のクリスタルに注がれた金色の液体の中で、尽きることがないかのように、後から後から泡が立ちのぼる。

「よく、テレビドラマとかでさ、ただのソーダをグラスに注いで、カンパーイ！　なんてやってるシーンが出て来るじゃない？　本物のシャンパーニュを見たことも飲んだこともない人間が、こういうドラマを作ってるんだなあって、うんざりしちゃうのよ。桃子も、そう感じる時あるでしょ？」

私は、頷いた。ソーダの泡は大きくて、グラスの内側にへばり付く。消えたくなくて必死になっているように見える。それに比べて、シャンパンの泡は細かくて、グラスの中に何の未練もないように、湧いては消えて、をくり返す。美しい。でも、それがソーダの泡より価値があるとは限らない。すべては見る人によるのだ。

「桃子、私たち、シャンパーニュの泡がどんなに、はかなくて美しいかを知っている女でいようね」

うん。再び、頷いた。でも、本当のことを言えば、シャンパンに何かを投影しようとする美意識は気恥ずかしいと思う。私は、コカコーラの泡もウィルキンソンの泡も、気分次第で愛でている。

　でも、緑は私とは違う。それは、彼女の作る料理を見て味わえば解る。研ぎ澄まされた、と言うといかにも陳腐だが、でも、そんな感じ。どんな小さな皿でも、メイド・イン・ミドリとでも呼びたくなるようなユニフォームをまとって、誇らし気にしている。そんなアミューズ・グールが十、二十と並んでいたりすると、優雅に整列した、どこぞの軍隊のようにも思えて来る。金持面《づら》とは無縁の、格好を付けない洗練がある。だって、兵隊さんたちだもの。きりりとして、不必要に舌を拘束しない。

　沢口先生とは、本当に違うなあ、とつくづく感じる。沢口スタジオで働くようになって、五感でそれを味わっている。先生の料理は、口に入れる側からノスタルジーを作り上げる。食べた人は、何かの拍子に思い出しては、その味を懐しむことだろう。

「私の提供するお皿は、オーガズムみたいなものでありたいの」

　緑は、そんなことを言って、人を煙に巻く。

「フランス文学では、オーガズムを小さな死ってたとえるんだって。ちっちゃな死を持続させながら大きな快楽に行き着くって、最高じゃない？」

「大きな快楽も、小さな死の流れな訳？」

　と、私。

「そうだよ。小さな死のグループが行き着く一番大きいもの。本当の死じゃないけど」

何、それ、禅問答？　と言いながら部屋に入って来たのは、緑の同居人兼仕事のパートナーである杉村大介である。

「大ちゃん、緑が、自分の料理はオーガズムの発露で、そのオーガズムは小さな死だなんて言うの」

「なんだ、そりゃ」

大ちゃんは、笑いながら、皿に残っている食べ物を指でつまんで口に放り込んだ。

「おー、これ旨い！」

「余ったカラマリ、檀流クッキング真似して、スペインのプルピートス風にしてみた」と、緑。

プルピートスとは、作家の檀一雄が書いた食いしん坊たちの必読書「檀流クッキング」に登場する烏賊《いか》料理だ。にんにくと赤唐辛子で風味を付けたオリーヴ油に、薄塩をした烏賊を肝やわたごとぶち込んで火を通し、ワインを振ってバターの塊を落として完成。死ぬほど旨いと檀先生はおっしゃっているが、緑のは、もっとあっさりと泥臭さを抜いてアレンジしてある。

「もう、大ちゃん！　つまみ食いは手を洗ってからにして」

へいへい、と素直に従い、大ちゃんは、その場を離れた。彼がいると、その場がいっきになごむ。ともするとエッジの立ち過ぎるきらいのある緑の料理に、親しみやすい味わいと趣きを加えるのが、長年、ホテルの厨房で培われた彼のセンスなのだった。誰もがつまみ食いしたくなるもんでなきゃ、という彼のモットーがなかったら、緑の立ち上げた会社が軌道に乗ることもなかっただろう。

「緑と大ちゃんは結婚しないの？」

「しないよ」

「なんで？」

「桃子みたいな、他人のだんな好きの女に盗られるから」

「はい？」

言っておくけど、私は、結婚している男だから好きなんじゃない。好きな男だから結婚していても気にしないだけ。でも、まあ、その「好き」の要素をその人の妻が作っている場合も多々あって、それをいただくにやぶさかではない訳だけど。

あのさ、と言って、意味ありげな笑みを浮かべて、緑は、私を見詰めた。

「桃子、あの男と寝た？」

「あの男って？」

「大介」

「まさか」

思いがけない緑の問いに目を見開いたが、次の言葉は、さらに私を驚かせるものだった。

「どうして？　仁義？」

仁義！　はあ？　そんなもん、私は知らないよ。真底、体を疼かせる空気をまとった男を目の前にした場合、私の性欲は仁義なんか簡単に凌駕しちゃうもんね。

私は、大ちゃんに雄的な何かなんて、まったく感じなかった。彼がもしも女で、私が男だったら、いや、単細胞の男だったら、こう言ったかもしれない。無理！　こいつじゃ立たねえし！　って。

でも、その立たないことのひとつの原因として、友達の彼氏だから、というのはある。あらかじめ友情によって目隠しをされている可能性は否定出来ない。あ、その男の下半身、あんた、見なくていいやつだから、と友情は告げる。私は、反射的に、その警告に従って来たのだろう。過去の何人かの緑の恋人に、一度たりとも欲情したことはない。

沢口先生の配偶者だと知っていても、警告音は鳴らなかった。だって、先生は友達とは違うもの。その男はやばい、なんて露ほども感じなかった。私はただ、ピンと来てしまい、この男を試してみなくては、と何かにせかされたのだった。もしも勘違いなら、なるべく早い内にそう知っとかなきゃ、とも思った。付き合いを深めながら、幸せを分かち合える男なのかどうか。それとも暇つぶしには悪くない、と気楽に楽しむための愛すべき使い捨て男なのか。

もちろん、太郎は前者だった。会えば会うほど、もっと会いたくなった。ものすごく外見が良いとか、ものすごく愉快だとか、ものすごく性的技巧に長けている、とか、そういう訳ではなかった。それでも、彼は一番大事な条件を満たしていた。それは、私と肌が合うということだ。私たちは、文字通り、体の皮膚の相性が良いのと同時に、心の肌も合っていたのだ。

二人共、適度に人が良く、そして適度にずるかった。心優しいけれども、意地悪な根性も持ち合わせていた。贅沢でありながら、始末屋の一面も垣間見せた。楽天家なのに小心者だった。不真面目なのに道徳家だった。そして、世の倫理から外れながらも、自分の倫理は譲らなかった。

つまり、私たちは、生きるための要素の配分が極めて似ていたのだ。そんな人間には滅多にお目に掛かれるものではない。もし出会えたとしても、親友止まりだ。でも、私と太郎は、その上、裸で体を温め合える。最高。

よく陳腐なドラマなんかで、男女が吹雪の雪山で迷って山小屋に辿り着いたりする。そして、びっしょり濡れた凍える体をどうにかしようとして、男が言う。

「こっちに来い！　そして、服を脱いで抱き合うんだ！　お互いの体を温めよう！」

もちろん、温め合うだけでは終わらず、愛の交歓に突入して、ピチュピチュという小鳥の鳴き声とさわやかな朝日の中で、満ち足りた目覚めの時を迎える。

わはは、馬鹿過ぎる！　でもね、私と太郎は、この馬鹿を、馬鹿と知りつつ真剣にやれてしまうのだ。しかし、だからこそ、私たちは身も心も凍死しない。陳腐の共有が出来る相手といられれば、男と女は幸せになれる。ただ、それが永遠ではないであろうことが、ある程度年齢《とし》を取り経験を積んでくれば、うっすらと解るようになる。

それを思うにつけ、寂しい。そして、その寂しさが、また媚薬になる。来て欲しくない終わりがどうせ来る。だからこそ、今が、いとおしい。この気持だけで満足。奥さんと別れて、なんて言う女の気が知れない。

しかし、私に嫉妬心がないかというと、あるのだ。相手が既婚者だろうと、想うのは自由だ、と固く信じている私だけれど、見る間に湧き上がり沸騰するジェラシーをなだめられなくて、面食らってしまうこともある。

でも、その感情の向かう先が、妻である人に対してではないのが不思議だ。沢口先生に、どす黒い気持を抱いたことなど、まったく、ない。仕事で絶大なる敬意を払っているのは確かだけれど、だからという訳じゃない。そもそも、こと太郎に関しては、私と先生では土俵が違うという気がするのだ。土俵が違えば、その土の成分も異なるだろう。そこから吸い上げて、与え合う栄養だって別のもの。私の太郎と先生の太郎は同じじゃない。別人。

錯覚？　思い込み？　でも、私がそう決めたんだもの。だから、それが私の真実。それなのに。

私と太郎がよく待ち合わせに使うバー・レストランがある。夕方の早い時間から開いているのと、天井が高くて開放感があるのが気に入っている。路面側のガラス窓が大きく取ってあるのも良い。彼が来ているかどうか、覗くだけで解るから。実は、私、待ち合わせの時に、非常に緊張するタイプ。いい年齢して格好悪いから顔には出さないけれど、相手が先に来ているかいないかを考えるだけで、どきどきしてしまうのだ。入口が重厚なオークの扉なんかのバーだと、もう駄目。本当に、このドアの先に彼がいるのだろうか。いないのだろうか。いないとすれば、いつ来るのか。それとも、もしかしたら、もう来ないいんじゃないのか……瞬時に、そんなところにまで考えが及んでしまうのだ。

へえ？　意外と純情なんだな、なんて太郎には言われてしまったけれども、私は、変なところで怖がり屋だ。人の夫に手を出したのがばれて、図々しい女と非難の的になったって、全然平気。でも、待ち合わせ時間に彼の姿がなかったりしたら、その五分後、私は奈落の底に沈んでしまう。何らかの理由で、彼は死んでしまったのだ、と思い込んでしまうから。

「あっ、モモ、またうちひしがれてる！」

「キタロー、生きてたんだね」

太郎は、腕時計に目をやって、呆れたように言う。

「まだ、十五分だよ？」

「十五分あれば死ぬには充分だよ」

死なないよ、と笑いながら太郎は隣に腰を降ろして私の肩を抱く。死ぬもんか、ともう一度言う。

そんなことをくり返す内に、太郎は待ち合わせに関してだけはボヘミアンスタイルを返上した。私も、十五分の間に死んだ恋人を想像し嘆くのを止《や》めた。今では、三十分経っても、彼は死なない。

その日も私は同じ店で太郎と待ち合わせていた。夜の帳《とばり》が下りる頃、バーカウンターの内側に並ぶグラスがきらきらと輝きながら出番を待っている。私の大好きな時間帯だ。

ガラス窓から内を覗くと太郎の背中が見えた。よしよし、ちゃんと時間を守る愛《う》い奴……と頷いた瞬間、ひとりの若い女が彼の許に近寄り、話しかけるのが見えた。知り合いでもないようだけど？　と思いながら、ドアを開けると、私に気付いた彼が手を挙げた。

女は、太郎の隣に腰を降ろした私に会釈をして、離れたところにあるテーブルに戻って行った。その姿を二人一緒に目で追う。

「あの子、おれの絵の大ファンなんだって!!　雑誌に出てた顔写真を見たことがあったから、すぐに、おれだって気付いたんだってさ！」

「へえー、すごーい、いよいよサワグチ画伯だね」

「あ、馬鹿にしたろ」

「してない、してない」

太郎は、本当に嬉しそうだった。日頃、数多くの信奉者に囲まれる妻の陰で、あんまり目立たない彼だけど、見ている人は見ているのだ。たまには鼻高々になる時があっていい。私も、彼のために心から喜んだ。

ところが、その女は、私と太郎が待ち合わせるたびに姿を現わすようになったのである。最初の頃は偶然を装っていたが、段々厚かましくなり、待ちかまえていたのを隠しもしなくなった。

「良かったあ、サワグチ先生、ここ来るの火曜日が多いじゃないですかあ？　今日も、会えるんじゃないかと早い時間から待っていたんですよね」

火曜日は、スタジオでの仕事が早く終わる私に合わせて、太郎も時間を空けるのだった。そして、待ち合わせて、気に入りの店にごはんを食べに行く。

マキと名乗ったその女は、年の頃、二十二、三だろうか、働きながらデザイン学校で絵を学んでいると言う。

立ち話だったのが、いつのまにかカウンターの太郎の側の席が空いていれば座るようになった。当然、私は気分が悪い。でもね、ここが巧妙なところなのだが、マキは、私に極力気をつかっている……いや、いるようにアピールするのだ（もちろん、太郎に）。

「えー、お友達、桃子さんていうんですかあ。料理の仕事してるって、女らしくって素敵ですよねーっ。やっぱり、キタローー先輩みたいないい男って、お友達もいい女なんですよねーっ」

お友達、お友達、うるせえよ。しかもいつのまにかキタロー先輩とか呼んでるし。

「私、あのマキって子、気に食わない」

私の訴えに、太郎は、さも意外そうに目を見張るのである。

「え、なんで？　いい子じゃん。桃子にも憧れているみたいだし」

「憧れてなんかいないよ。キタローに取り入ろうといい子ぶって私を利用してるだけ」

「ひねくれてんなー」

私は、唇を噛んで押し黙った。胸の内に嫌なものが湧いて来る。それは、普段は心の片隅に放置されるがままになっている場所なのだが、ふとした瞬間に、どす黒い液体があふれて体を満たして行く。

少し遅れてバーに着いた日、私は、いつものようにガラス窓から中を覗いた。太郎とマキがカウンターに並んでいた。見詰め合う横顔が微笑み合っていた。私は呆然としたまま二人のその姿を見詰めていた。これって、セックスの現場を目撃する以上に衝撃的な、不測の事態ってやつじゃないのか。

私は、自分の中に見る間に湧き上がる、醜悪な汚れた水にも似た感情をどうにか堰き止めようと必死になって踏んばっていたが、とうとう我慢出来ずにバーの中に足を踏み入れた。

マキが、置かれたばかりの太郎のグラスに手を伸ばしたところだった。

「キタロー先輩のカクテル、おいしそーっ、味見させて！」

太郎は、自分のグラスに口を付ける女を、おいおい、と困惑したようにながめていたが、決して嫌がっているふうではなかった。

「わーん、私には、強くて、ちょっと大人っぽ過ぎたかもー。でも、やだ、どうしよう、これって、キタロー先輩と間接キス……で……」

その瞬間、私は咄嗟に二人の背後から手を伸ばして太郎のグラスを奪い、マキが口を付けたギムレットを一息に飲み干した。

「え？　ええーっ！　な、何!?　信じらんない」

マキのいかにも心外と言わんばかりの言葉を無視して、私は、バーテンダーに勘定を頼んだ。そして、直後、太郎に告げる。

「キタロー、行くよ！」

太郎は、ごく自然な調子で立ち上がり、じゃあね、マキちゃん、と言い残して私の後に続いた。まるで、何事も起らなかったかのようだ。しかし、会計をすませる太郎の脇で、そっとマキをうかがったら、すごい目つきでこちらをにらみ付けている。

ふん、ざまあみろ。そうやすやすと間接キスなんかさせるものか……って、私、中学生か!?

私と太郎は、その夜、結局、食事もせずに長いこと歩いた。子供じみた自分の嫉妬を恥ずかしいとは感じたものの、間違っているとは思わなかった。私は、マキのような女の振る舞いがそもそも大嫌いだし、それを我慢しながら、側で気にしていない素振りで笑って見せる度量もない。自分のつまらない嫉妬は、それがつまらなければつまらないほど、我身を惨めにさせる。ねえ、キタロー、そんな思い、私にさせて良いの？

「あーあ、おれの数少ないファンが、またひとり減っちゃった」

「あの女が、キタローの絵のファンだって、本気で思ったの？」

「……いや……」

「あの女、キタロー・サワグチの絵なんかどうだって良いのよ。キタローは、いつも変なフェロモン出してるからああいう厚かましい女が寄って来るんだ。あんたっていう男に色恋仕掛けてみたかっただけなんだから！　あんたの絵なんて口実なんだよ」

「……解ってるよ」

あ、と慌てて口に手を当てたが遅かった。自分が、言ってはいけないことを口に出しかけている、と思ったが、もう止まらない。

「解ってるのに、どうして？　どうして、私に、あんな馬鹿みたいなやきもちを焼かせようとするの？　私、キタローと二人の間に誰も入れたくない!!」

言いながら、自分こそ厚かましい女ではないか、と気付いてはいるのだ。沢口夫妻の間に割り込んだ侵入者と、たぶん人々は呆れ返るだろう。

でも、違う。私と太郎の世界は沢口先生とは重なっていないのだ。だって、土俵が⋯⋯とそこまで思い至って、はっとする。それでは、私は、マキと同じ土俵に立っているというのか。太郎の絵になんか、何の敬意も払っていないくせに、ちょっとした良い目に遭いたくてすり寄って来る、物欲し気な女と同等だと。なんて情けない。

太郎は深い溜息をついた。そして、自嘲しているんだか、おどけているんだか解らないような口調で言う。

「おれ、まだまだだなあ。絵の実力でなく、男の魅力でしか、女、寄って来ないんだもんなあ」

……何だろう。屈折した自慢？　もてない男たちに殺意を抱かせる、その台詞。

「モモだって、おれのセクスィな男の魅力にイチコロだったんだろ？」

「……う……その死語の羅列、気味悪いんですけど」

「陳腐だよなー」

「うん、まあ、そのイチコロとかって……」

「いや」

太郎は立ち止まって、肩越しに一歩後ろを歩いていた私を見てぽつりと言った。

「おれの人生」

私は、たまらなくなって背後から太郎に抱き付き、その背中に顔を埋ずめた。いじらしくてどうにもしようがない気持がこみ上げる。これだ。この感情が私を太郎に縛り付ける。この男をどうにも放って置けないという強い気持。

「ごめんな」

「何が？」

「色々、さ」

そう言って太郎は向き直り、斜め上から私に視線を落とす。その少しだけ哀しいような表情。ああっと、私は両手で自分の目を塞ぐ。

「ん？　どうした」

「キタローの流し目、やばい。私にはキラーコンテンツ。好きがいっぱい流れて来る」

「おおっ、それは素晴しい」

「ちょっと情けなくって、しょんぼりって感じで、不憫で……」

「なんだよー、いいとこねえじゃん」

でも、そこがそそるんだ。私を拘束して甘苦しいような想いにさせる。

「あ、モモ、見ろよ。月がすげえ、くっきりしてる」

「ほんとだ」

「俗説なんだけど、昔、夏目漱石は、アイ・ラヴ・ユーを月が綺麗ですね、と訳したらしい」

「マジで？」

「うん、だからさ……」

太郎は私の両手を取って正面を向かせた。そして、極めて神妙な顔で続けた。

「和泉桃子さん、一緒にいると、いつも月が綺麗ですね」

ばーか、と言って噴き出してしまった後、私は、少し泣いた。太郎は子供をなだめるように、抱き寄せた私の背をとんとんといつまでも叩いていた。

その間じゅう、私も心の中でひとりごちた。本当に、月が綺麗ですね、沢口太郎さん。

恋の病に小康状態があるとすれば、私たちのそれは、かなり長く続いていた。何かの拍子に終わりを迎えてしまうかもしれない、あるいは、その気になれば終わらせてしまえるであろう私と太郎の関係は、倦怠期とは無縁のようだった。日々を積み重ねて行けば行くほど、自分たちのつながりを大事にしなければ、という思いが高まった。

誰に知らしめるでもない、二人だけで完結した世界を保ち続けるのは、とても難しいことだ。でも、だからこそ、この自家発電のような恋は、やり甲斐がある。ある種の人々にとって、結婚がライフワークであるように、私には、太郎との関係がそうなると思い始めている。だって、彼の存在は、明らかに私の日々の糧となっているんだもの。

「ねえ、ねえ、桃ちゃん、最近、めくるめくような口づけってやつ、した？」

スタジオの片付けをしている時、唐突に田辺智子ちゃんが尋ねた。

「何、それ？　なんで、突然、その話？」

いつも智子ちゃんは意表を突くような質問をする。実はさあ、と言いかけて、彼女は自分のバッグを取りに行き、中から何やら取り出して私に見せた。

「女性専用　Ｔｏｏｔｈ Ｓｈｉｎｅ……なあに、これ？」

「横にキス♡マエ　シートって書いてあるでしょ？　読んで字のごとし。キスの予感がしたら、それで自分の歯と歯ぐきを拭いて備える訳よ」

へえ？　まじまじと見ると、それは、携帯用ウエットティッシュに似たシートだった。パッケージには、ピンクの可愛らしい書体の商品名とイラスト。口紅を塗って、にょっきり生えた足にハイヒールを履いた歯が「ピカピカ　キュキュ」と音を立てて自分を磨いている。

実はねえ、と智子ちゃんが告白する。彼氏とは別れたのよ、と。そして、その原因となったもうひとりの男と「めくるめく口づけ」を交わす仲になったそうな。

「ほら、キスって不意打ちが多いから、歯を磨く暇とかないじゃん。そういう時は、速攻でこれを使うんだよ。トイレに行きたくないのに行ったりしてさ」

「おおっ、ついでにウォシュレットも使わなきゃ、だね」

「桃ちゃんの馬鹿！　安売りしたら前の彼氏とおんなじことになっちゃうじゃん！」

「えー？　ウォシュレットと安売りにどのような関係が？」

そんな仕様もない会話で笑い転げていた私たちのところに人が集まって来て、話に加わっては、またはしゃぐというようなことをくり返していた。

「あなたたち、アイスクリーム食べない？　ムッシーニの二十年物かけたげる」

沢口先生の提案に、歓声が上がる。この熟成された高級バルサミコ酢をかけたヴァニラアイスクリームは、上出来な仕事のご褒美なのだった。

おいしい！　さすが！　と声の上がる中、先生が懐しむように呟いた。

「あなたたちみたいにキスでときめく時代に、こういうものを口に入れたかったわあ……でも、もう昔話になっちゃった」

やーだ、先生ったらあ、と皆が騒ぐ中、私の体がぐらりと揺れた。何か重大な過ちを犯している気がする。私の愛は、沢口先生をその鈍感さによって、知らぬ間に過去の人にしていたのか！　倫理にあらずとはこのことではないのか。不倫。

chapter 8

wife

妻

何故だろう、心が重い。仕事に向かう集中力がふっと途切れて隙間が出来ると、そこに溶けた鉛のようなものが流れ込んで来るよう。黒くて熱くて重苦しい。

わたし、明らかに嫉妬している。

気を張っていないと、まったく自分の好みではない感情に支配されそうになるので大変だ。そんな事態を避けるために、わたしは、まず笑顔を作る。ほら、よく言うじゃない？　おかしいから笑うのも本当なら、とりあえず笑顔を作ってみるとおかしくなって来るというのも真実だって。だから、習慣にしている。先生、と呼ばれれば、いつだってにこやかに笑って振り返ることが出来る。

でも、あんまり言いたくないけど年齢《とし》のせいかしら。このところ、そうするのが難儀になって来ている。これは相当まずいことだ。

「どんなごはんも、にっこり笑って振る舞えば、八割増しでおいしくなるのよ」

それがわたしの変わらない流儀で、教室で口にするたびに、賛否の声が上がったものだ。

「失敗した味付けでも、笑顔でカバー出来るんですかあ？　信じらんなーい」

半信半疑で口を尖がらせる生徒には、こう言って諭した。

「そうよ。でも、そういう時のために、あなたの笑顔が極上になるように日頃から鍛えておかなくっちゃ」

「えー、どうすれば良いんですか？」

「あなたの彼氏？　その彼を幸せにしたいって思えば、笑顔はどんどん美しくなって行くの」

「そうかなあ……」

てへへ、と笑いながら、照れ隠しに耳を掻いて見せる生徒を、わたしは心から可愛いと思ったものよ。

「がんばって！　心からの笑顔は、ほっかほかの炊き立てごはんとおんなじよ」

何の疑いもなく、そう口にした。今だって、そう信じている。まあ、男によっては、ほっかほかのごはんに大した価値を見出していないっていう場合もある訳だけど。その場合、男の出自や育ち、あるいは経験値、共に食べる女との組み合わせなど、多岐に渡る理由がある。でも、まあ、その辺は、わたしの受け持ちの分野外。それぞれ、寄る年波に教えてもらうといいわ。

太郎は、炊き立てのごはんも冷えたのも好きだという。立ちのぼる湯気のありがたさも、冷やごはんの口の中でほどける旨味も、両方が解るようだ。つまり、出来る男なのよ。

こういう男は、わたしの知る限り、あらかじめ男性上位の考えから見放されていて、フェア。でも、だからこそ、気を抜けないの。自分の帰宅時に窓の灯りがともっていることや、夕餉の支度のために流れて来る湯気などで、女の愛を計ったりしないから、こちらも困るのよ。ほっかほかのごはんはもちろん、心からの笑顔でも骨抜きにすることは出来ない。何か、さらなるスペシャル、そう、プラスアルファがなくては。

太郎と出会ってからの、彼のいくつもの浮気、ラヴアフェア、そして、何回かの本気。それらに直面しても、わたしは知らん顔を通して来た。さすがに、入れあげてる女の存在を知った何度かは動揺もしたけど、とりあえず、毎回じっと耐えてみた。すると、案ずるより産むが易しという感じで、彼とそんな女たちの仲はすぐに終わった。

男と女にとって、ことを荒立てる前の待機時間が、とても重要だと思う。わたしが怒りをあらわにしないことで、太郎は冷静さを取り戻し、憑き物が落ちたように、わたしとの日常生活に戻って来たものだ。

日常生活。この重要なものよ！　太郎のそれは、もう既に大部分、わたしによって創り上げられて来たのよ。そう確信することの連続だった。たぶん、この先も同様だろう、と諦めと安心を胸に収めて来た日々。そんなわたしは、どっしりとゆるぎない妻の座に居る女として、誰の目にも映ったことだろう。

でも今、初めて、ひとりの女が原因でわたしの心は動揺している。うんと重くなったかと思えば、急に軽く浮かんでほっとさせられたり。芽吹きそうになった憎しみが、あっと言う間に刈り取られて、平穏な日々が戻ったり。良くも悪くも落ち着かない。

もちろん、それは、助手の和泉桃子のせいだ。とうに、わたしは、太郎と彼女の関係に気付いている。周囲の人々からの注進や、伝え聞く噂などからも知れたけど、何よりも、自分の直感がわたしに告げる。ねえ、もう疑いの余地なんかないんじゃない？　と。

これまでの太郎の女たちの時と同じように、知らんぷりをし続けるべきなのか。それとも、問い質して真実をあらわにした方が良いのか。色々と考えてみる。公開裁判よろしく、衆人環視の中で罪を認めさせてみるとか。

罪！　ここでわたしは、それは違うのではないか、と思ってしまうのよ。公開裁判めいたものは、これまでも有名人の数多くが不適切な関係を結んだ時の慣例。ううん、有名人でなくっても、さまざまな家庭を巻き込んで、そういった状況がくり返されて来た。

陪審員は世間様（複数）。裁判官も世間様（何故かこちらも複数）。原告は妻、もしくは夫（の、どちらかひとり）。そして、被告は愛人（女でも男でも、これまた、どちらかひとり）。

一般常識と思われるこの図式に沿うなら、私は、原告ということになるわね。浮気され妻は、そのポジションに着くことになっている……と、ここまで考えて、わたしは、きーっ、と歯ぎしりを禁じ得ずに叫び出したくなるの。

世の中では、夫に浮気されちゃった、不倫されちゃった妻のことを「浮気され妻」「不倫され妻」なんて呼ぶらしいのは解ってる。でもね、わたしは、やっぱり、声を大にして言いたい。沢口喜久江は、「浮気され妻」なんかじゃなーい!! 「浮気させ妻」なのよ!! そして、世の不倫は、わたしの思う不倫ではなーい!!

それにね、夫を寝盗られた妻は往々にして、愛人の女ひとりを被疑者として吊るし上げたがるじゃない? でも、それを言うなら夫にだって問題はある。どっちもどっち、共犯関係じゃないの。そして、その共犯という蜜のような甘い罪状に、わたしは一番腹が立つのよ。でも、そう考えるわたしのような妻は多くなく、悪いのは常に夫の相手と決めて憎しみをぶつけるケースがほとんどだ。中には反対に、自分のいたらなさが夫を他の女に走らせたのだ、と殊勝に言って見せる女もいる。馬鹿か偽善者か自分観察の達人か。いずれにせよ、わたしには真似出来ない、というか、それ、既に、わたしじゃない。

太郎と桃子は、わたしがいる、ということとはまったく別な次元で、彼らだけの世界を作っている。妻から逃げたいという衝動に衝き動かされるでもなく、先生を出し抜いてやろうと画策するでもないところで、二人きりの楽園を育くんでいる。わたしにはそれが解る。解ってしまう。だから、哀しい。だって、人と人が魅かれ合うって、どうにも出来ないもの。出会った瞬間に自然発芽してしまった恋を摘み取るのは、第三者には無理なこと。

そう、わたしは、彼らの恋にとっては第三者になってしまった。生活したり学んだりすることにおいて、わたしは今でも彼らの大切な人間だろう。でも、そこからひとたび外れたら、あの人たちは、わたしどころか誰も必要としないのだ。

涙が出て来る。築いて来たキャリアも名声も、年月をかけて練った人格も、保ち続けた優しさも人柄の良さも、太郎をわたしだけの側に居させるには、何の役にも立たないのである。男を四六時中、自分の手許に置いておく術なんてなかった。この年齢になって、ようやくそれが解った。

でも、だからといって、太郎と桃子を祝福して身を引こうなんて気はさらさらない。二人を憎んだって仕方がないのだ、と自分に言い聞かせる一方、いい気になり過ぎじゃないかしら、と胸がむかむかすることもある。そして、それが昂じると、じりじりと火で炙られるような痛みが、わたしをいたぶる。これが嫉妬。今頃、奴は、あの女をとろけるような視線で愛でている。畜生。

この御時世、年を取るのを「年齢を重ねる」なんて言う。年増を「熟女」なんて気持の悪い名称でもてはやしたりする。女をヴィンテージのワインにたとえたり、外国のどこかの国では「年取った雌鳥《めんどり》からは良いスープが取れる」なんて言ったりもするみたい。

でもね、はっきり言わせてもらうわ。女がいくら年を取ったって、世知に長けたとか、物の解ったとかの、大人の女の役割を当てはめないで欲しいの。もう若くない女を便利づかいするために、無理矢理誉めたって無駄なのよ。こと嫉妬に関しては、年齢が物解りの良さに役立つことなんて、ぜーんぜんないんだから。理不尽にも、自分が欲しいものを、あの人の方がより多くものにしていることへの腹立ち。幼ない少女の頃から老女になるまで、嫉妬の本質はこれなのよ。そして、それは、老若男女、全人類が持っている心の火種。どんな時代になっても変わらない。

今日、秘書の並木に言われたわ。

「和泉さん、先生に甘えてるんですよ。先生みたいな大人の女性でものの解った人なら、広い心で受け入れてもらえるって。だんなさんとのことだって進歩的な考え方の先生ならって……」

「その先、言わないで」

一瞥すると、並木は口をつぐんで目を伏せた。進歩的って……そんな馬鹿なこと。古き良き時代のビッグママみたいな雰囲気を演出する沢口喜久江の、秘書ともあろう人間が。いえ、だからこそ、そんな言葉をつい使ってしまったのね。わたしのおふくろ的イメージが、多分に技巧によって形作られているのを知り尽くしているのが並木千花という女だもの。

そして、こうも思う。するりとこのスタジオに入り込んで、一番良い位置でわたしの助手を務めている桃子に対して、並木も原始的な嫉妬を覚えているのではないか、と。冷静な表情の下に、やはり炙られる痛みを隠して来たのではないか、と。

皆、その厚さの違いこそあれ、自分以外の人間の前では仮面を付けているのだ。お見せ出来ないものを、そうやって隠している。そして、尊厳を保ちながら、自分を守り、人間関係における摩擦を最小限に留《とど》めている。

でも、仮面は、自分の本当の皮膚ではないから、やはり、時々うっとうしくて引っ剥がしたくなる。で、たったひとりの時にそうするの。そして、心の底からのびのびしたり、反対に深い自己嫌悪に陥ったりする。そのひとときを自分に許可する。それが、ひとりであるが故の本物の休息。

そんな時には、あの並木だって、実は忌々しいと感じていた桃子をなじったりしているかもしれない。わたしだって、笑顔の仮面を外して、仕事の最中、いちいち癇に障っていたスタッフに呪詛の言葉を吐くことがあるもの。誰もが、自分しか知らない一面を持っている。そして、それは、誰にも打ち明けられない秘密。親子でも兄弟でも姉妹でも友達同士でも、むろん夫婦でも、仮面の下にあるものは共有しない。

でも、恋人同士なら？　とふと思う。セックスで互いのことを知ろうとする、あの嵐の時期を越えてもなお、求め合おうとする恋人同士であるならば。

わたし、そんな二人は相手の仮面の下を覗き見ること、あるいは、あえて垣間見させる自分たちに特別感を覚えて恍惚に浸るような気がするの。そんな二人って、あの二人。太郎と桃子のことよ。

太郎とわたしは、かつて鍵と鍵穴のようだと思っていた。体も心もぴたりと合い、互いでなければロックは外せない。だから、太郎が他の女に目を移しても平気だった。どうせ合わない鍵穴だもの、と思っていたから。わたしのそれは、彼のためにとても精巧に造られていると自負していた。

それなのに、太郎は、いつのまにかもう一本、鍵を誂えていたのね。ううん、相手から渡されたのかもしれない。こちらの鍵で試してみてはいかが？　って。男と女は鍵と鍵穴だと知っている、賢い女に。

太郎と桃子についての噂は、最初の頃、それが流れて来るたびに、わたしの気持を揺らがせたけれども、どうってことないと自分に言い聞かせた。だって、わたし、芸術家の妻ですもの、と言って理解あるパトロネスめいた態度を取った。夫を手の平で遊ばせているのよ、とまるで女傑のように振る舞ったりもした。

でも、本当は全然違う。自分は、すっかり古くなってしまった鍵穴なのではないかと恐怖に似たものを覚えたのだ。太郎が自分の鍵を差し込んだ時に、ガチャガチャと何度か回さないと開かない鍵穴。あなたの鍵自体だってすり減っているのよ、と思おうとした。でも、駄目。あの鍵は、わたしに馴染みながらも、決して精度を失なわない。ねえ、正しく差し入れられればすぐに開く筈なのよ。身も心も。

わたしが自分自身を裏切り始めていると気付いたのは、スーパーマーケットで買い物をしている時だった。仕事用の食材を調達する時にはスタッフの子たちにまかせるのが常だけど、自分のための探究心やプライヴェートな料理に必要な場合は、食品売り場をひとりで回る。創作意欲のようなものを湧かせる極上の時間と呼んでもいい。

その日、わたしは、太郎の好きなクリーム系の料理のヴァリエーションをあれこれ考えながら乳製品売り場をながめていた。子供っぽいグラタン以外に、気に入ってもらえるものはないかしら、と。

ラビオリでマスカルポーネを包んでみようかしら、とチーズをカートに入れ、次に生クリームのパックを手に取った。乳脂肪分四十五パーセントの濃いやつ。二百ミリリットルで、ちょうどわたしの片手でつかめるサイズ。中沢のフレッシュクリーム。これは雑味がなくて使い勝手が良いし、どこでも手に入るから便利よね、などと思いながら、しげしげとながめた。これに角《つの》が立つまで泡立て器を使うと、素敵なホイップクリームが出来上がるのよ。

その時、何故だか解らない。わたしは、あたりをうかがって近くに人がいないのを確かめた。そして、その直後に、手にした生クリームのパックをシェイカーみたいに激しく振り始めた。液体がもったりとしたクリームに変化するくらいに振った。そうしている内に、突然、憑き物が落ちたように我に返って、慌ててそのパックを元の場所に戻したのである。

わたしは、すぐさまその場を立ち去った。あの生クリームを買った人、箱を開けた途端、それが固まっていることに気付くわ。きっと、腐ってたと思って、すごく怒る筈。高級スーパーなのにひどい！　と、かあっとなって引き返し、クレームを付けに行くかもしれない。わたしは、その様子を想像して頷いた。そうよ、この世に理不尽でひどい事柄はいっぱいある。なんでこんな目に遭わなきゃなんない訳!?　って声を大にして言いたくなる場合が。

自分の仕業であるにもかかわらず、わたしは、あらかじめ固くホイップされた生クリームを買わされてしまったついてない客のために憤りを覚えた。そして、直後には気の毒にも思えて来た。

けれども、自分を見失って、売り物の生クリームをだいなしにした真犯人であるわたしの方が、もっと気の毒なんだもの、仕方なかったのよ。そう言い訳しようとした途端、体から力が抜けて、しゃがみ込んでしまった。

その瞬間、急に近付いた地面が目に入って、ようやく気付いたのよ。

わたし、病んでいる。

これまで、沢口喜久江と関わりたいという野望も含めて、さまざまな理由で少なくない女たちが太郎に近付いて来た。そして、彼と寝た。で、別れた。そのくり返し。桃子だって、そのひとりになる、と最初は思った……ううん、それは正しくない。彼女は、決して、ワン・オブ・ゼムにはならない種類の女であるのを、わたしは知っていたような気がする。

何故、桃子だけが他の女と違って太郎の特別になると思ったかって？　それは、彼女がわたしにとっても特別になるだろうことが、ひと目見て解ったからよ。この子、欲しいわ、と思った。側で働いてもらいたい、と即決した。もちろん、その時は、自分の夫と彼女がのっぴきならない関係になるなんて、まったく予想もしていなかったけど。

でも、結局のところ、御弁当を運ばせて二人が距離を縮めるきっかけを作ったのはわたしだった。だけど、本当にそうかしら、と彼らについて考えるたびに首を傾げてしまうのよ。あの人たち、会うべくして出会って、成るべくして成った男と女じゃないのかしらって。わたしの御弁当なんかなくたって、道でばったり出くわしただけで、もうどうにも止まらないって感じになったんじゃないの？

わたしは、伊達に、長年の間、太郎を慈しんだ訳じゃない。そして、伊達に、長年の間、この仕事における有能な人間を選び育てて来た訳じゃない。わたしには、太郎も桃子も換え難い逸材なのよ。夫に逸材なんて言葉を当てるのは変かもしれない。でも、彼は、わたしの持つ愛情を際限なく膨らませ続ける稀な人。だから逸材。消費期限のない膨らし粉みたいなものね。そして、彼女は、シャープナーいらずのペティ・ナイフ。わたしの言わんとすることを一ミリの無駄もなく切り取ってくれる。

そんなふうに、年下のあなたたちに払って来た敬意。身に余る光栄とも思われないまま、反古《ほご》にされてしまうの？　そう思うといたたまれなくて耐えられなくて、誰かに話を聞いてもらいたくなったけど、わたしには、知り合いは数多くいても、自分の憐れさをさらけ出せる友達はひとりもいないのだった。

我慢していたら、どんどん胸が苦しくなって、年齢のせいか本当に心臓発作を起しそうになったので、太郎の親友の玉木洋一に話を聞いてもらった。彼らは美大生の頃からの付き合いで、わたしの一番古い食客。恩着せがましくする資格があると思った。

玉木は、長い時間をさいて、少しも嫌がることなくわたしの話に耳を傾けてくれた。昔のよしみで彼を便利使いしている、と思わないでもなかったけれど、わたしは恥も外聞もなく思いの丈を彼にぶつけた。

「で、玉木さんは、どう思う？」

心の中にくすぶっていたものをあらかた吐き出した後、わたしは尋ねた。すると、玉木は、こう言うのだ。

「喜久江さんのしたいようにしなよ」

「それだけ!?　何かアドヴァイスしてくれるんじゃないの？」

「ぼくは、ただ聞いてあげるだけの人です」

何よ!!　と思った。こういう時、今時の若い女の子なら、「使えねーっ！」なんて言うのだろうが、わたしにはもう似合わない。だから、その代わりにこう言う。

「聞いてくれて本当にありがとう。また、頼ってもいい？」

もちろん！　と言って、玉木は顔をくしゃくしゃにして笑った。可愛い、と思ったわ。

玉木に恥をさらして、だいぶ楽になったわたしは、前向きに物事を考える気力が出て来た。このままの状態を続けて様子を見るのも悪くないかもしれない。わたしさえ我慢していれば、均衡は保たれる。若い二人（たいして若くもないが、わたしよりってことね）を見守る女主人の役割というのも、フランス映画っぽいかもしれないわ、などという、人、良過ぎだろ！

と呆れられそうなたわけた妄想に浸っていたら、桃子と田辺智子の会話を偶然盗み聞きしてしまったのだった。

いつものように、二人は、他愛もない芸能ゴシップについて話していた。

「でもさー、いくら真剣に恋してたって会見で語っても、妻子持ちの男を待ち続ける毎日だった訳でしょ？　所詮、日陰の女じゃん？」

他愛もないお喋りには違いなかった。でも、智子の言葉に桃子は、あろうことかこう返したのよ。

「やだな、智子ちゃん、日陰の女は日に灼けないんだよ？　美肌を保てるから良し！」

何、この女!?　と思った。桃子への好感度、いっきに暴落。

心の奥底から、ぬーっと黒い手が出現したように感じた。そして、その指が、ずっと閉ざされていたパンドラの箱を開ける。

パンドラの箱という比喩を耳にするたび、ありがちなたとえね、となかば馬鹿にして来たわたしだけれど、その時、深〜く理解したのよ。これ、比喩なんかじゃなかったんだって。わたしは、この箱の存在に気付かない振りをしていたから、善良な人間でいられたんだって。

でも、もう見つけて開けちゃった。太郎の持っているわたしのための鍵は、この箱のスペアキーでもあったのだ。そこからあふれ始めた自分でも解らない負のエネルギーにそそのかされるような気持で、わたしは桃子を呼び出した。

「桃ちゃんの生まれ育ったおうちって、どんな感じだったの？」

仕事の話をされると思っていたらしく、桃子は面食らったような表情を浮かべた。

「えっと……それは、どういう種類の質問なんでしょうか」

「ただ知りたいだけよ。どんな家庭環境だと、あなたみたいな女の子に育つのかなあって」

「……女の子って……先生、私、もう三十五ですけど」

「じゃあ、女、と言い直すわ。どんなところで、こういう女が形作られたのかしらって」

桃子は驚いたように目を見開いた。その瞬間、初めて彼女の顔から笑みと共に消えた笑窪の存在に気付いた。あのくぼみにそそられたんだ、とこんな時でもわたしは太郎眼鏡を使って彼女を見てしまう。

「先生……私……」

「早く言って！」

「平凡な家です。両親はどちらも教師で、文房具店を営んでいる父方の祖父母と同居していました。十歳年上の兄がいて、母の方の祖父母も近いところに住んでいたので、うちはいつもがやがやしていました。皆で集まってごはん食べたりするのが好きで……」

「お兄さん、十歳年上って、あなたとずい分と離れてるのね」

「はい。喧嘩にもならないくらいに大人で」

「じゃあ、みーんなに可愛がられて来たのねえ。可愛い桃ちゃん、可愛い桃ちゃんって感じで。解るわあ……」

　わたしが好意的なニュアンスで言っているのではないのをすぐに悟ったらしく、桃子の顔は辱められているかのように赤く染まって行った。

「桃ちゃん、あなたは、きっと、愛情に関して実に素直な人間に育てられたのね。それを得る時も、与える時も、奪い取る時も」

　わたしが、一歩近付いてひたと目を合わせると、桃子は怖気付いたのか後ずさりする。

「わたしの夫と関係を持って、後ろめたい気持とか罪悪感は湧いて来なかったの？」

　桃子は、唇を真一文字に結んだまま黙っている。その様子は、とても強情そうに見える。幼ない頃から、この女は他人に謝らないですんで来たんだろう。

「仕方ないです。私、キタ……太郎さんを好きになってしまったんですから」

「でも、わたしが知ってしまったら、どうなるのか解るわよね？」

　桃子は、はっとしたように顔を上げた。

「私、ここ、辞《や》めたくないです！」

　でもね、と人生の先輩であるのを強調するかのように、余裕を含ませて諭そうとするわたしに、桃子は、きっぱりと言った。

「私、太郎さんが大好きです!!」

　その臆面のなさに呆気に取られているわたしに向かって続けた。

「でも、でも、私、先生のことも大好きなんです!!」

そう言って、まばたきもせずに大粒の涙をぽろぽろとこぼし始めたのである。

「だけどね、桃ちゃん……大人は、ふたつの内、どちらかを選ばなくてはならない時があるのよ?」

桃子は、身に着けたままのエプロンの布地を両の手で固く握ったまま、こらえ切れずに、えっえっと泣き声を洩らした。そして、訴える。やだよ、そんなの、私、先生と離れたくない……。

……なんなの? これ。まるで、わたしが苛めているみたいじゃない。って言うか、この子、すごく可愛い……いけない! 太郎眼鏡はこの際、捨てなくては!! わたしは、今まで、この小娘に馬鹿にされ続けて来たのよーっ。

わたしは椅子に腰を降ろして、手で顔を覆った。自分の腑甲斐なさに、こっちが泣きたい気分だった。

「……先生?」

いつのまにか、桃子に背中をさすられている。慰められているのか。

わたしは、あっちに行ってと伝えるべく、しっしっという感じで片手を動かした。もう片方の手は目に当てたまま、桃子の顔を見ないようにした。ほだされないためだ。いっきにいたいけな顔になったこの女に。この期に及んで、まだ可愛い。馬鹿。わたし、本当に馬鹿。

「先生……嫌な気持にさせてしまってごめんなさい。心からそう思います」

そう言い残して、桃子は部屋を出て行った。あの女が謝った。でも、気持は収まらない。

彼女が謝ったのは、わたしを不快にさせたことに、であって、人の夫を盗ったことに、ではない。

その翌日から、桃子は、スタジオに出て来なくなった。風邪をこじらせて、体調をひどく崩したので当分休みたいとのこと。

「このまま、出て来なくなっちゃうんじゃないですか？　和泉さん」

秘書の並木が、たいして興味なさそうに言った。その様子があまりにも自然なので、かえって好奇心に駆られているのが見て取れた。

「来るんじゃない？　風邪でしょ？　桃ちゃん生命力が強そうだから大丈夫よ」

さらりと受け流すわたしを、並木が訝し気に見る。

「先生、何故そんなにも和泉桃子に優しいんですか？　この間だって、怪し気な記者から妙なコメント求められて迷惑なさっていたじゃないですか。あれ、和泉さんと太郎さんに関する噂を聞きつけたからですよね。絶対にあの種の輩にはノーコメントで通して下さいよ。ほんっと、あの子が自分勝手にうかつな振る舞いをするから……」

延々と続く桃子の悪口を適当に聞き流しながら思った。

本当にもうここに来ないつもり？　そんなの桃ちゃんらしくないわ。あなたは平然と仕事を再開して、さすが先生、このレシピ、匠の技ですよね、なんて、のうのうと言ってのけるんじゃなかったの？

「先生！　聞いてるんですか!?」

「あ、うん……ねえ、あのゴシップ雑誌に太郎さんとあの子のことリークしたのって、並木さん？」

並木の顔が怒りのあまり、赤黒く染まり、体を震わせて抗議し始めた。

「冗談じゃないですよ!!　いくら妬んでも、私にもプライドはありますからっ!!」

やっぱり妬んではいたのか。

「私、ひとり心当たりがあるので探ってみます。先生は勝手に動かないで下さいよ！　誰にも話したりしないこと」

はーい。でも、太郎には言っちゃった。彼は、しばらくの間、言葉を失っていた。わたしが二人の関係をずい分前から疑っていたこと。そして、わたしの前で桃子自身が肯定したこと。雑誌の記者が聞き付けてわたしに接触して来たこと。包み隠さず話した。

「桃ちゃんからは何も聞いてないの？　じゃ、初めて、あの子、太郎さんに言えない秘密を持ってたのね？　わたしとは共有出来る秘密。本当に上手く立ち回るわね」

そうかな、と太郎は上の空のように呟いた。

「わたしの話、聞いてるの？」

「うん。それよりさ、その雑誌の奴らって、モモのとこにも行ったりするのかな」

「さあ。でも、どうでも良いようなゴシップ雑誌の人よ。別に気にすることもないんじゃない？　現にあなたのとこにも何のコンタクトも取ろうとして来ないでしょう？」

「いや、でも、それが発端になって、万が一後追いの取材とかあったりしたら……」

「あったとしたら？」

「モモの奴、ああ見えて傷付きやすいから」

これか！　噂には聞いていた。夫が、妻以外に好きになった女について語る時の、最も無神経な台詞。しかも、平気で愛人を自分だけの愛称で呼んでる。もっと取り繕えよ！

「大丈夫よ。そんなに大きな記事として取り上げられることはないから」

「いや、でも、沢口喜久江絡みだし……」

あのね、とわたしはとうとう言ってしまう。

「不倫の三角関係がおっきいスキャンダルに発展するのは、少なくともそのうち二人が成功したビッグネームだった時だけなのよ！」

立ち尽くす太郎の表情で、この言葉が彼をひどく傷付けたのを悟った。わたしは、たった今、自分の倫理に反したのだ。これぞ、不倫。

chapter 9

husband

夫

妻の喜久江の作るコロッケは、揚げ立てはもちろんのこと、冷めても滅茶滅茶旨いんです。おれ、洋食屋とは名ばかりの気取ったレストランで出て来る何とかクロケットなんてのより、町のお肉屋さんのコロッケの方が親しみやすくていいな、と思うんですが、店によって味に大きな差があるのが難点。原価を抑えるために残ったくず肉を混ぜ込んでいたり、手間をはぶくために、マメに取り替えることなく、古い油のまま揚げたりするところもある。

でも、喜久江のコロッケは、極上の町場のやつなんです。いや、想像の中にしか存在しないであろう完璧な市井のコロッケなんです。サックリとした衣に囓じり付くと、中から、じゃが芋のほの甘さが油に溶けて口に広がる。とろりとしたなめらかさとほくっとした塊の二つの食感があって何とも楽しく、食べ甲斐を感じさせます。

ミルクの風味をかすかに感じるのは、隠し味にエバミルクを使うからだそう。エバミルクって、喫茶店のコーヒーとかに付いて来るあれ？　ままごとみたいなちっちゃいピッチャーに入った……と、尋ねたら、全然違う！　とばしっと言われた。コーヒーフレッシュと呼ばれるあれに、ミルク成分はまったくないそうです。

じゃが芋の存在感の背後には、控え目な旨味を演出する挽肉と玉葱がいる。春になると玉葱は炒めず、粗いみじん切りにしたまま多めに入っている。これが、最高にいい！

「春玉葱は甘みが増すから、どんどん使いたくなっちゃうの」

そっかあ、良い季節なんだな、と思いながら、おれは、もりもり食べる。一個、二個、その内味を変えてみたくなり、ソースをかける。オリバーのクライマックス3年仕込みというやつ。ウスターソースとどろソース、とんかつソースの三本がセットになっていて、どれも味わい深い。これは、実は恋人の和泉桃子にもらったのでした。

「オリバーソースはね、神戸で作られているんだけど、中でもこのクライマックスシリーズは、毎年、あの阪神・淡路大震災が発生した一月一七日に炊いて仕込むんだよ。犠牲となった人々への鎮魂の思いと、この先の未来への希望と願いを込めて……」

桃子の言葉に、おれは感動してしまいました。そして、深い溜息をついて、言った。

「苦境から這い上がった尊い味なんだね……」

それら三本のボトルは小ぶりの四角錐で、まるで高級化粧水か何かが入っているかのように洒落ている。でも、ソースなんだな。意表を突いてていい感じ。

コロッケにはやっぱウスターだよね、とさらりとかけて食すと、特別感がひしひしとせまって来る。当然だろう。だって、今、おれ、ものすごく旨い妻の作ったコロッケに、ものすごく旨い恋人が贈ってくれたソースをかけて食ってるんですよ!?　有頂天、ここに極まれり!!

なんて悦に入っていたら、おれ自身が苦境に陥っていました。オリバーソースのように這い上がれるのか、自分！

喜久江が言っていた通り、一度はマスコミに目を付けられたおれと桃子の関係ですが、大きく報道されることはありませんでした。あまり売れていない週刊誌の「今週の噂」みたいなところに小さく載っただけ。しかも、ほとんどが喜久江の人物紹介みたいになっていた。〈浮いた噂のひとつもないアーティストなんてつまらないじゃありませんか。もてる夫がどうしても食べたいと言って戻って来るような、そんな料理を作って来たつもりよ、と語る沢口さんの笑顔に記者も幸せな気持にさせられた。ちょうど焼き上がったばかりなの、とお茶受けに出されたリーフパイの味が忘れられない。これなら、どんな男でも戻っちゃうね〉

だと！　食いもんにつられたのかよ！

でも、正直なところ、良かったな、と思いました。浮気しても全然ニュースヴァリューのない自分の存在感を確認させられて、やはり傷付きはしましたが、そのせいで桃子を煩わせることがなかったのは幸いでした。

そう言うと、桃子は憐れむような目でおれを見るのでした。

「キタロー、そんなこと言っちゃ駄目」

「だって、そうだもん。おれたちのことなんて何も知らない輩に、けちい付けられたくない」

「けち……」

「うん。でも、一目置かれてない人間って、世間からけちを付けられることもないんだな」

「もしかして、プライド傷付けられた？」

まさか。桃子の問いを慌てて否定しました。おれの絵描きとしてのプライドは、そんなところにはありません。これ、ほんと。そりゃ、あんまり有名じゃない、いや、全然有名じゃないって現実に、忸怩たる思いはあります。時に、仕事を選ぶような贅沢をするおれ。そんな御身分か!?　と自身を叱咤したい気持も湧きます。クライアントの意向に極力沿うような仕事をする素晴しいプロがいるのも知っています。

でも、おれ、たとえ有名イラストレーターと呼ばれなくても、自分のやりたい仕事だけに向き合いたい。どんなに小さくても自分の気に染む依頼だけを受けて、一所懸命、応えたい。その代わり、絶対に手は抜きません。常に満足の行くレベルの出来映えをお見せする。それが、おれのなけなしのプライドなんです。

そうなんだ……、とおれの言い分を聞いていた桃子は感に堪えない、という感じで言葉を区切りました。あ、いけね、つい、おれのアーティスト魂を剝き出しにして、不必要に感動の場面を作っちまったか。こういうの、ちょっとクサイかもしれないな。

「キタロー……」

桃子はこの上なく優しい響きで、おれの名を呼びました。きっと、惚れ直しちゃったんだなあ、とおれは慌てて謙遜の準備をしたのですが、彼女はこう続けたのです。

「やっぱ、先生はすごいね。キタローみたいな子をいじけさせないで、青いままキープしている」

「……青いって……」

「ごめん。気い悪くした？　でも、悪い意味じゃない。アーティストには、その青い部分が必要なんだって気がする。と、同時に、それを隠す手管も」

「……何だよ、その手管って」

「うーん、上手く言えないけど、成熟する、みたいなこと？　大人の所作って言うか」

「よく解んないけど、おれには、その手管はないって言いたいの？」

「ない」

がーん！　と言って、ふざけた振りをして引っくり返って見せました。でも、実のところ、何か本質を言い当てられたようで、慌てたのです。

「だけどさ、なくても良かったんだよ、キタローは。手管は全部、沢口先生が持っていて、キタローの青さを魅力に変えてやっていたんだもの」

まるで、喜久江なしの自分が半人前のような言い方です。いや、でも、もしかしたら、それが真実なのかもしれません。ずっと見ない振りして、喜久江に丸投げして来た真実。

「青いままのおれのこと、嫌になったの？」

恐る恐る尋ねてみました。だって、自分、親鳥の庇護の許で、いっぱしに空を飛べる気になっている可愛い雛鳥みたいなもんじゃないですか。情けねえ！　おれが女なら、いや、ものの解った女なら、その腑甲斐なさにうんざりして、がつんと言ってやりたくなるだろう。

「ぜーんぜん、嫌になんかならないよ。キタローの子供っぽさには可愛気があるもん」

やっぱ、可愛い雛鳥。男一匹、面目ないです。

「可愛気と幼さは紙一重だよ。その紙一枚分を先生がいつも補充してあげてたんだね。さすが私の尊敬する先生だ。すごい人」

いったい桃子は何を言わんとしているのか。おれは、不安に駆られて次の言葉を待つばかりでした。

キタロー、と名を呼んで、桃子は、おれの胸に倒れ掛りました。そして、抱き止めるおれに向かって言ったのでした。

「大好き。全部、好き。先生といた日々が滲んでいるキタローが丸ごと好き」

それまで耳にした中で、もっとも嬉しく、そして、もっとも哀しい愛の告白のように聞こえました。

「先生が補充してた紙一枚、キタローが自分自身で用意出来るようになんなきゃいけないよ？」

思わせぶりで、もったい付けた比喩のようにも聞こえます。でも、おれには天啓として届きました。火事場の馬鹿力というのでしょうか。桃子の言わんとすることが即座に理解出来たのです。いや、そうしなくては、この女、どっかに行っちまう。解ったよ、モモ、よおく解った。

「てやんでえ！　紙一枚ぐれえ、なんでえ！　自分で漉《す》いてやらあ!!」

「……キタロー、江戸っ子だっけ……？」

妙にしんみりとしてしまった二人の間の空気を軽くしようと茶化したつもりでしたが、桃子はくすりともせず、おれにひたと目を当てたままでした。

「いや、出身は静岡ですが……おれ……おれさ、調子に乗っている自分を正してみようと思う。いや、思うだけじゃ駄目だ。ちゃんと地に足を着けて歩む所存だ」

「キタローが地に足を着けて歩いても、すぐに犬のうんちとか踏んじゃったりするよ」

「モモ、おれ、うんち踏んだってかまわないって気持になったんだよ」

この時、おれは、これまでの人生で最大の殊勝さを獲得したのでした。

桃子は、ぷっと噴き出しました。良かった、いつものモモに戻った、とほっとして、おれも、笑って見せました。それなのに、それなのに、その日を境に桃子は連絡を断ってしまったのです。え？　あ、ああああああー、奈落の底に突き落とされるおれ。苦境、来た。

今日はいるんじゃないか、と喜久江のキッチンスタジオに続く通路を歩いてみるのですが、ばったり出会う偶然などやはりありません。そこは、中庭を望む洒落た回廊のように設えてあり、アンティークのベンチが置かれているので、腰を降ろして待ってみたこともあります。

「あら、太郎さん、先生に御用でも？」

早速、目ざとい喜久江の秘書の並木千花がおれを見つけて駆け寄って来るのです。

「いや、ただ、仕事の気分転換をしているだけだよ」

そう答えると、並木は、訝し気におれを見て言うのです。

「え？　でも、太郎さんの仕事場は別にありますよねえ？　何も、ここで気分転換しなくても良いのでは？」

うるせえなあ、もう！　ここは、おれの家でもあるんだよ！

「いや、仕事は、実際に作業するだけじゃなくて、想像したりすることも含まれるからね」

「何もわざわざ、ここで想像しなくっても」

そんなに邪魔なのかよ！　とむっとして立ち上がったら、それを待っていたかのように、スタジオから、わらわらと人が出て来て、中庭のテーブルを中心にして撮影の準備を始めたのでした。

スタッフのひとりが並木の名を呼び、彼女は返事をしながら慌ただし気に、そちらに向かって走り去って行きました。誰もが忙しそうです。女の姿を目で捜すおれだけが暇人なのか。

取り残されたような気持で、ひとりぽつんと立ち尽くしていると、おれの背中に静かに手を当てる者がありました。そのすっと馴染む体温で、すぐに喜久江だと解ります。

「桃ちゃんなら来ていないわよ」

「辞めたの？」

「ううん、そうじゃないけど、風邪をこじらせて、ずい分ひどくしちゃったって、並木さんのところには連絡が行ってる」

そう、と言ったきり、おれは、中庭でせわしなく立ち働く人々の様子に目をやっていました。ずっと、ああいう中にいる桃子を見るのが大好きだったなあ、と思い出します。彼女への本気を自覚した時から、おれは、あの切れ長の目がいっそう細くなった笑顔を即座に見つけられるようになりました。

どんどん見つける速度が早くなった。それは、人混みでの待ち合わせでも、終演後の映画館ではぐれてしまった時でも感じました。たぶん、真っ暗なトンネルの中でも、おれは、気配や息づかいだけで彼女がどこにいるか解ったでしょう。

「キタローは、モモ探知機だね」

人々の間から桃子の手を探り当てて握り締めた時、彼女が言った言葉です。モモ探知機。もちろん、桃子がキタロー探知機であるのは言うまでもありません。

「泣くんじゃないわよ」

喜久江がそう言うのを聞いて、いつのまにか自分が涙を流しているのに気が付きました。慌てて涙を拭おうとすると、もう一度、言われました。

「泣くんじゃないわよ」

そりゃそうだ、子供じゃあるまいし。そう思って、ぐっとこらえようとして、そして、それは、ほとんど成功していたのですが、喜久江は、ほおっと息を吐きながら続けたのです。

「でも、つらいわね」

その瞬間、背中に当てられた喜久江の手のぬくもりの温度がぐぐっと上がりました。それを感じた途端に、おれは、どうしようもなくなって、しゃくり上げてしまったのです。そして、止めようにも止められなくなった。

前腕で両目をごしごしとこすりながら、何故かおれは、芥川龍之介の「トロッコ」という短編を思い出していました。

良平という八歳の少年が、ずっと乗ってみたかったトロッコに、二人の作業員を手伝うという名目で乗り込み、遠くまで行く。けれど、念願叶い有頂天になっている途中、作業員たちに「われはもう帰んな」と放り出されてしまうのです。その後、夜道をたった一人で帰る破目になる。彼は遠くまで来過ぎてしまった暗く苦しい道のりを必死に戻ります。そして、ついに家の門口に駆け込んで母の許に辿り着いた時、感情が溢れ出して泣きじゃくってしまうのです。

おれは、良平のような子供なんかじゃない。それは解っているのです。でも、喜久江と出会ったせいで、ずっと良平に似た子供で居続けてもいるのです。そして、喜久江のおかげで、家に辿り着いた時の泣きたいほどの安心感と多幸感を一度に味わうことが出来るのです。

「喜久江は、情け深い人だね」

おれの言葉に彼女は、何の感情も含ませていないかのように、いいえ、と呟きました。

「深情けよ」

え？　情け深いとどう違うの？　と問い返そうと顔を上げました。すると、妻に背中をさすられ泣きじゃくる中年男を、中庭にいる人々全員が興味津津といった様子でながめているのが目に入りました。

やべっ、と言いながら、慌てて取り繕おうとするおれに気付いて、喜久江は高らかに笑って見せ、みんな、仕事に戻りなさいとばかりに、手の甲をあちらに向けてひらひらさせました。

人々の視線は、たちまち仕事の現場に戻り、おれは、喜久江の存在感というものを改めて思い知らされるのでした。

おれにはそぐわないりっぱな女だ、と言ってみたい衝動に駆られましたが止《や》めました。もう、そういう発言が、女と距離を置くための姑息なやり口だと、おれにも解っていました。おれは、その種の鈍感な言葉を気づかいと勘違いしてずい分と使ってしまっていました。納得ずくの軽い情事の相手だった筈の女に、真剣味を帯びたアプローチを仕掛けられた時の常套句、「おれなんか、きみには相応しくないよ」とか、「きみには、おれなんかより、もっと素晴しい男が似合うよ」みたいなやつ。

おれなんか。自分を落として相手を持ち上げる……ような振りをして、実は、その人をどうでも良いテリトリーに仕分けする。相手を傷付けないですむ魔法の言葉。それが「おれなんか」だと思っていました。でも、おおいなる勘違いだった。おれは、ただ自分を安全圏に置いたまま、女たちと安い契りを交わして来ただけ。そう自嘲するようになったのです。

きっかけは、おれと桃子の関係をマスコミが嗅ぎ回っていると知ったあの時。泰然自若としたままの喜久江に苛立ち、つい洩らしたあの言葉。

「モモの奴、ああ見えて傷付きやすいから」

あんたみたいな年季の入った女とは違うんだ、というニュアンスを込めてしまった。妻が、あんたみたいな大御所でなければ、こんな事態にならなかったのに、という腹立たしさも滲んでいたでしょう。

……何という理不尽!! 年季。大御所。喜久江に付随するそれらは、本来、おれによって祝福され続ける筈なのに!

何の気なしに口にしてしまったその言葉だけれど、それが、喜久江の中に大事に積み重ねられて来た人生のパーツをひとつだけ抜き取ってしまったようでした。ほら、ジェンガってゲームがあるじゃないですか。てんこ盛りの積み木を崩さないようにひとつひとつ抜いて行くやつ。あの中には、すべてをガラガラと崩れさせてしまう位置で、かろうじてバランスを取っている何本かの木片が潜んでいるのです。おれは、あの時、そのひとつを引き当ててしまった。

注意力が散漫だったから？　いいえ、もしかしたら、もうとうに、積み木の塔を支えている重要なパーツのいくつかは引き抜かれていたのかもしれません。そして、あの言葉が最後の一本だった……。喜久江が、どうにかこうにか踏んばって保ち続けていたというのに。それなのに、おれはゲームオーヴァーの瞬間さえ気付かずにいたのです。

出会ってから初めて、おれは喜久江によってプライドを傷付けられました。その時、自分自身にとっての不都合な真実に直面させられることが、どれほど耐え難い痛みを運んで来るのかを知りました。そして、他者にそれを感じさせないよう、必死に心を砕いている人間の存在も。もしかしたら、愛するとは、そういった心づかいを常に持つことなのかもしれません。

しかし、おれには、そんな配慮など、心のどこにもなかった。ない、ですんで来た。

「でも、それが太郎さんの長所なのよ」

反省の弁を述べていたら喜久江にそう言われて、少しだけ気持を軽くしたのです。しかし、彼女ときたら、その矢先に、たたみ掛けるように、こうも続けるのです。

「だけど、長所は、たった一手ですべて短所に引っくり返ってしまうこともあるわ」

ジェンガじゃなくて、オセロだったのか!?

「出会ってから二十年近く。あれが太郎さんの口から聞いた一番残酷な台詞だったわ」

「ごめん」

「だって、あの後、あんたと違ってっていう言葉を無言で続けてたでしょう？」

「……ごめん」

「だから、わたしも、絶対に口に出さなかったひどいことを言った」

「本当だから仕方ない」

喜久江は感情を押し殺すかのように低く笑いました。

「ああ見えて傷付きやすいから、なんて口に出して言う男は、たいてい阿呆面をしているもんだけど、太郎さんも例外じゃなかったわよ」

アホが漢字として耳に入って来ると、本当に惨めだ。

「でも、その傷付きやすいと言われている女が自分だったら、言っているその男は、ハリー・ディーン・スタントンに見えるのよ」

ハリー……何？　誰だよ、それ！

「好きな人に、傷付きやすい女だって思われるのって快感よね。桃ちゃんだって例外じゃないと思う」

そう言って、唇のはしに皮肉っぽい笑みを浮かべて、喜久江は撮影の準備をする人々の輪の中に入って行きました。クルーたちがいっきに活気づいて、華やかな空気が漂い始めます。

その様子をながめながら、おれは、短い間に何かが大きく変わったような気がしていました。あんな笑い方をする女だっけ。あんな大人っぽい笑い方を。

十歳も年上の女に対して、大人っぽいだなんて言い方をするのは変だと解っているのですが、昔から喜久江という女は、男女の機微に関してはずい分奥手《おくて》なところがあると思っていました。裏を読むような、心の襞をめくるような男女関係とは、まったく無縁で来たのではないか、と。出会って以来、おれの言動をそのままの形で受け入れることが、彼女にとっての男の愛し方なのではないか、と。男、イコール、おれ。それが彼女の恋愛世界。そう自惚れていたのです。

そんな思い込みで見ていたから、いつだって喜久江の笑顔は、とても素直な喜びに満ちて、おれの目に映りました。感情の手綱をおれが握っているかのように、表情を変えさせることが出来て得意な気持になったものです。おれに見せる笑顔には、嘘がない、裏がない。シンプル　イズ　ベスト。おれは、喜久江の笑顔が大好きでした。

しかし、どうやら見くびり過ぎていたようだと、ようやく今、気が付き始めたのです。裏がないんじゃなかった。裏を隠す術に長けていたんだ。おれが手綱を握っていたんじゃない。握らされていたんだ。なんて鈍いんだ、おれという男は。喜久江の笑顔は、こんなにも複雑な色を宿しているじゃないか。

楽しくなくても笑みを浮かべることはある。このところの喜久江の表情や振る舞いに、そんな大人の所作を垣間見ることが増えて来ました。でもさ、そもそも喜久江は大人だったんだよ。おれよりもずうっとずっと。いったい妻の何を、どこを見て来たのでしょうか。

不平不満や皮肉や心配を包容力で覆い隠して、おれの好きにさせて来た妻のことを思うと、やり切れません。でも、こうも感じているのです。ようやく冷笑と共におれと向かい合ってくれるのか、と。賢さと力を隠すことなく、本来の姿を見せてくれるのか、と。だったら、ほっとする。おれが、彼女にとってのたったひとりの男だなんて考え込まなくてすむ。プライドが傷つくのを恐れて、ヴァガボンドを気取る必要もなくなる。安心して情けない男のまま去って行ける。

去る!? そうなのか!? ちょっと、待てよ、おれ! 桃子のいなくなったおれを慰めてくれるのは、妻の喜久江の務めじゃないのか。

ええ、ええ。こんな情けない本音が脳裏をよぎるなんて、信じ難い身勝手男と非難ごうごうになるのは百も承知です。でも、これって、おれだけですか?

選べないんですよ。妻と恋人のどちらかを、なんて。もしかしたら、もうどちらにも捨てられているかもしれないのに、この期に及んで、あがいているんです。おれという人間の存亡の危機に瀕してしまってるんです。

さまざまな女と関わり合うのは、おれの特権だと思っていました。行きずりの場合あり、後を引く関係もあり、ほんのいくつかですが、熱い恋に似たものもありました。

その熱い恋を本物と思い込んだこともありました。でも、今になれば錯覚だったと解ります。桃子への思いは、それまでのどの女に対する気持とも違っていた。もしも未経験の若者に、恋ってどんなものですか、と尋ねられたら、これか！　とすぐに解るよ、と答えるでしょう。何十人、何百人の女と寝ても、感じなかった未知の光を、たったひとりと出会った瞬間に見てしまう。考える前に感じてしまう。

などと、ドント　シンク、フィール！　とスクリーン上で言ったブルース・リーみたいな境地に至ったおれですが、実は、もう気付いてしまったのです。そこに行き着けたのは、喜久江との長い年月があったからだと。彼女は、実に細やかに、おれという人間を創り上げて来てくれた。ずい分と手間隙《ひま》かかったことだろう。時には、夜なべもしたことだろう。でも、彼女は、つらさなんて、つゆほども見せなかった。自分の功績など少しも感じさせることもなかった。

おれ自身に功績なんて言葉を使うのは変ですか？　だけど、使いたい。使わざるを得ないんですよ。おれには喜久江の数々の功績が宿っている。それがなかったら、自分、ただの尻軽なあんちゃんですよ。いや、今もそう見えるかもしれませんが、彼女が授けてくれた豊かさが自分の中のどこかにあると信じているんです。だって、おれ、こんな仕様もない男なのに、ちゃんと、人生、愛せてる。

「太郎さん、最近、よくここにいますよね」

桃子が一番親しかった、同じく喜久江の助手の田辺智子に言われました。例の中庭に臨む通路に置かれたベンチに座っていた時のことです。まったく、どいつもこいつも……いたっていいだろ！　おれの家でもあるんだから。

「うん、このベンチが気に入ってんの」

そう、かわそうとすると、智子は探るように、おれの顔を見るのでした。

「桃ちゃん、待ってるんじゃないんですか」

「いや、別に」

「ふふっ、痩せ我慢は良くないですよ」

あのさあ、と人のプライヴァシーに立ち入るかのような智子を咎めようとすると、彼女は言ったのでした。

「もう、桃ちゃん、ここには来ないかもしれませんね」

「……なんで？　おれのせい？」

「え？　太郎さんと何かあったんですか？」

うっと言葉に詰まると、智子は噴き出した。何だよ、からかっているのか。

「心配しなくても、桃ちゃんと太郎さんのことは誰も気にしていませんよ。何故かって？　それは、先生がそう決めたからです。気の合う男女が親しくするのは当然だし、それをやっかんで噂を立てる人がいるのも当然だって」

「喜久江がそう言ったの？」

「ええ、まあ。でも、言わなくたって、皆、そういうことにするでしょ？　先生がそうしたいんだから」

「誰がおれと和泉さんの噂を流したの？」

「たぶん、亀井恵っていうワイドショー好きの主婦。長峰さんが休んでて、そのピンチヒッターで来てた人なんだけど、最初から桃ちゃんに敵意を持っているみたいでした」

「え？　なんで？　モモは人に反感持たれるタイプじゃないだろ？」

思わず口にした自分だけの桃子の呼び名に口を押さえかけましたが、智子は気にもしていないようでした。

「桃ちゃんみたいな、ひとりで、すっくりと立って、自由をものにしているような女を見ると癇に障って仕様がない。そう感じる人種が世の中にはいっぱいいるんです」

「そうか」

あの、と言葉を区切って、何やら逡巡する素振りを見せていた田辺智子でしたが、やがて口を開きました。

「桃ちゃん、太郎さんが今でも大好きですよ。大好きだから、ここに来ないんです。そういう子なんです」

うん、と頷きました。知ってる。知ってた。そういう女だ。だから、好きになった。

桃子に会えないまま、季節は巡って行きました。この先、どうなるのかは想像もつきませんでした。おれはただ自分のやらなくてはならないことだけに目を向けようとしたのです。仕事に集中するべきなんだ。そんな当り前のことを自分に言い聞かせましたが、時折、心に空白が生まれて、そのあまりの寂しさに身がよじれるようでした。桃子が恋しい、と痛切に感じました。

そんな思いをくり返している内に、喜久江が仕事中に倒れました。いつもは冷静な秘書の並木が震える涙声で電話をして来たので慌てました。死ぬのか？　まさか。おれは、喜久江が永遠に死なないとでも思い込んでいたのでしょうか。

病院に向かうタクシーの中から、玉木洋一に連絡を取りました。考えてみれば、おれは喜久江の個人的な交友関係をまったく把握していないのです。そもそも友達なんかいたのか。重大時に連絡しなくてはならない誰かになど、おれは関心を払ったこともありませんでした。まるで、自分だけにかまけていれば満足する女のように妻を扱っていた！　ひどい奴です。おれは、いよいよ報いを受けるべきではないのか！

失いたくない、と初めて強烈に感じました。なんという身勝手！　でも、強烈に思う。ずっと、おれだけを静かに愛し続けて来てくれた女を、今、失ってはならない。

病院には、おれよりも早く玉木が到着していました。喜久江の病名は、労作性狭心症というらしく、高血圧に過労が重なり、胸痛発作を起したのだとか。とりあえず入院して様子を見ることになりましたが、手術の必要はないというので、ほっとしたのでした。

病院内の喫茶室で、安心したおれと玉木はコーヒーを飲みながら一息つきました。

「良かったな、喜久江さん。ここんとこ働き過ぎだったんじゃないか？」

玉木の言葉に頷きながら、何故か、ふと思い出して尋ねてみました。

「なあ、おまえ、ハリー・ディーン・スタントンって知ってる？」

玉木は、妙なことを聞く、と言わんばかりの表情を浮かべましたが、すぐに答えてくれました。

「知ってるよ、俳優だろ？ 『パリ、テキサス』とかに出てた。数年前に九十何歳だかで亡くなったんだよな」

「有名なの？」

「うん、まあ。でも玄人向けかな。すげえ渋いポジションにいたから。あ、ぼくさあ、うんと若い頃のハリー・ディーンに似てるって言われたことあるんだよねー。ちょっと自慢」

その瞬間、あっと思った。同時に息つく間もなく黒い鉛のような重苦しいものが胸に流れ込んで来たのです。これ……なのか。

目の前の友に殺意を覚え、心臓の病で倒れた妻に対して、いっそ死ねば良かったのに、と思ってしまう。ひでえ。もちろん本心なんかじゃない。でも、次から次へと湧き上がるおぞましい衝動。抑えられない。これだったのか。おれの倫理には当てはまらない、と見くびって来たもの。嫉妬。これこそが、自分にとっての不倫の産物。

chapter 10

people around the people

取りまく人々

今、どういう訳か、コンパルこと、ぼく、金井晴臣は、親友の和泉桃子と一緒に鳥取県のはしっこ、境港《さかいみなと》に来ているのである。そして、ブロンズのねずみ男の肩を抱く桃子にスマートフォンを向けて、写真を撮らされているのであった。

始まりは、そもそもぼくの提案なのだ。妻のいる恋人、沢口太郎と会えない（いや、会わない？）桃子の傷心を癒やすためにぼくの方から旅に誘ったのだった。

このまま身を引いてしまうつもりなのか、桃子は、これまで見たこともないくらいに沈んでいて、ぼくを慌てさせた。あの唯我独尊然とした図々しい女が、こんなに弱るとはただごとではない。で、どこに行きたい？　と尋ねると、彼女は、こう即答したのだ。

「境港！　水木しげるロードを歩いてみたい！」

え、マジですか、と思った。こちらとしては、沖縄あたりの豪華リゾートを考えていたのだ。そこで二人、恋の痛みについて打ち明け合って友情を深める。そうだ、こちらの気を引くだけ引いて、ちっともやらせてくれないイケズな男の愚痴も聞いてもらおうっと……などと思っていたのであるが。そして、気分は女子旅のパジャマパーティね、などと、本来の目的を忘れて、少しばかり浮かれていたのであるが。

「……水木しげるロードってさ、『ゲゲゲの鬼太郎』に出て来る妖怪とかが道にずらっと並んでるとこなんじゃないの？」

「そうだよ。鬼太郎ファミリーが勢揃いしてる。記念館とか、関連の観光スポットとかも充実してるみたい。あ、水木先生の生家もあるんだって」

「……で、なんだって、今、そこに行きたいと思う訳？」

「だって、キタローと行けなかったんだもん。あの人、あんなに行きたがってたのに……。調布の鬼太郎通りでいいじゃん、なんて言わないで記念日に行っときゃ良かった」

「……記念日……まさか……よね」

「その、まさかの付き合って一周年の記念日、どう祝おうかみたいな話になって……でも、ニューヨークの自由の女神を、吉祥寺駅前のラブホの上の自由の女神像で代役させる訳には行かないのと同じってことになって……」

苛々した。他人の恋愛話って、そこだけの共通言語で出来上がっているから、まるで介入の余地がない。そしてそれは、話すその人が、まだ渦中にいるっていう証。恋物語が普遍性を獲得するのは、その関係が過去になった時なのだ。

桃子は、まだ沢口太郎との恋の只中にいると見た。会えない時間が、愛、育てる。昔、郷ひろみ様が歌ってた通りだ。やるわね、昭和歌謡！

「付き合うよ、とことん付き合う!!」

ぼくの自分自身を鼓舞するような決意表明に、桃子は笑った。

「サンキュ！　ほんとはコンパルには、ものすごく感謝してんの。実は、私、ずうっと途方に暮れたままなのよ」

そう言って涙ぐんだりするものだから、すっかりほだされてしまい、ぼくまで「こなき爺《じじい》」と並んで同じ表情を作って、写真を撮られているのだ。

ぼくたちは、他愛もない話をしながら長い時間をかけて街を歩き、あちこちの鬼太郎関連の施設を覗き、境港の市場の食堂で昼ごはんを食べた。今晩は、駅前にある温泉付きのホテルに泊まることになっている。明日は、どうしても行きたいところがあると言う桃子に尋ねると、由志園《ゆうしえん》という日本庭園の名をあげた。

「ちょうど、牡丹が満開でさ、摘んだ花を池にびっしりと、隙間なく浮かべるんだって」

ゴールデンウィーク期間だった。ぼくは、人混みのすごさを予想して、早くもうんざりしてしまったのだが、桃子は言う。

「人を見ないで、花だけ見れば良いんだよ」

「そんなの出来る？」

「出来るよ。見たいものだけを見られるっていうのは私の才能……」

そこまで言って、桃子の言葉は途切れた。ぼくが、その先を目で促すと、彼女は深い溜息をついた。え？　何？　と思った。こんなに心許ない様子の彼女は見たことがない。

「見たいものしか目に入らない。それって、私の長所だと信じてたの。でも、いつのまにか、そんなの長所でも何でもないっていうのが解った。私、見たい見たくないにかかわらず、すべてのことを目の中に入れる手腕が欲しい」

「……手腕！」

「そう、その手腕でもって、世界のすべてを愛したい!!」

「……えーっと、桃子が言ってるのは、沢口太郎のすべてを受け入れるとか、包み込むとか、そういう大それた愛のことなのね？」

いえいえ、と桃子は自分の前で手を振り、ぼくの言葉を否定する。

「二人きりで建国した小さな国は、いったん消滅させる」

「別れるの？」

「それは解んない。ただ、今までみたいに私とキタローの関係は独立したもので、沢口先生からは何も奪っていないとは、もう思えない」

「ようやく罪の意識が芽生えたって訳？」

「コンパル、前にもそう言ってたよね。でも、罪の意識とは違う。私は、先生から、ちゃんと奪っていたし、先生だって、私から奪っていたものはある。それを自覚しただけ」

「太郎さんは？　女たちの間でのうのうとして、ちょっと図々しいじゃないの？」

「あの人だって、両側から奪われてるのよ。そして、もちろん私と先生からも奪ってる。コンパル、私、こう思うの。人を愛する時に奪い奪われるのが快楽なら、その埋め合わせに与え与えられるのが喜びなんじゃないかって」

「……桃子……あんた、いつのまに神に……」

桃子はのけぞって笑った。ぼくも笑った。この子ったら、なんて大それたことを言うの？ ほんとに、まあ、恥かし気もなく。

「私、今まで、自分国のことにだけ、かまけ過ぎてたのよ」

でも、だからといって、今さら妻のいる男を愛した自分の責任だなんて殊勝なことを言い出す女ではない。桃子は、今、自分自身を必死に説得しようとしているんだろう。そして、相反する自分の気持に折り合いを付けようとしている。

馬鹿だね、とぼくは思う。桃子は、そういう行儀の良さが、まったく似合わない自然児。自分のこと、全然、解ってないんじゃないの？ 世の中の規範とは違う、独自の礼節のありようが彼女の美点なのに。

「不思議だね。あんなににぎやかな通りを歩き回ったのに、一番、心に残っているのは、水木しげる記念館にあった水木さんのスケッチだよ。このあたりを描いたやつ」

水木しげるの生家を背にして、桃子は言った。目の前には美保湾と中海をつなぐ境水道の豊かな水がたたえられている。小さな海峡の対岸は松江だ。

「ここに立って、あのスケッチを思い出すと、はるか昔と現在が確かな線で結ばれるね。水木さんのデッサン力は、ここから始まる心象風景によって磨かれたんだね」

ふと、声に湿り気が滲んだので、横目でうかがうと、驚いたことに桃子は泣いていた。慌てて差し出したぼくのハンカチで目元を押さえ、彼女は、ごめん、と照れ臭そうに笑った。

「私、キタローに、ここを見せたいよ。そして、彼にも描いてもらいたい」

「ここを？」

「うん。ここにいる、私を。私だけを」

その夜、ぼくたちは地元の回転寿司で海の幸を堪能し、ホテルの最上階の温泉につかり、部屋に戻って酒を飲み、おおいに喋った。すべて桃子のしたいことを優先させながら、ぼくは、あることを企みつつあった。この女が呼ぶところの自分国ってやつ、重要文化財としてぼくが保存してやる！

「立てば芍薬、座れば牡丹、歩く姿は百合の花……明日は、私がいっぱい座っているのね……」

すっかり酔いの回った桃子は、そんなことを言いながら寝入ってしまった。その様子を見届けてから、ぼくはスマートフォンを手に部屋を出た。こうしちゃいられない！

翌日訪れた日本庭園由志園の牡丹は、聞きしに勝る豪華さだった。広々とした敷地に造り込んだ庭の素晴しさもさることながら、三万輪の牡丹を池に浮かべた「池泉牡丹」は圧巻で、ぼくたちは言葉を失った。

「すごいねえ、コンパルル、あらゆる種類のピンクのグラデーションがここにあるって感じ！」

「昨夜《ゆうべ》、自分がいっぱい座ってる、とか言ってなかったっけか、あんた」

「忘れてーっ、さすがの私の美しさも、この華やかさには勝てないよーっ」

ぼくは、笑いながらも周囲を注意深く探りながら、池に架かる橋の上まで桃子を誘導した。何の疑いもなく彼女は、ぼくの進む通りに後を付いて来る。

「ああ、私、この池の牡丹の花たちの上に仰向けになって溺れてしまいたい。ほら、コンパル、外国の絵画でそんなのあったじゃん。誰のなんてやつだっけ」

うーん、とぼくは上の空で応える。それどころじゃない。

何よ、思い出してよ、と言う桃子の声に、ようやく応える者がいる。

「ミレーのオフィーリア」

え？　と振り向いた桃子は、その瞬間に言葉を失ってしまう。だって、目の前に突然現われた男が、ばつが悪そうに笑って、こう言ったのだから。

「和泉桃子さん、月がとっても綺麗ですね」

通りすがりの人々がくすくすと笑った。当り前だ。真っ昼間だよ!?

「並木さん、今日、なん日？　『コン・アモーレ』の撮影日過ぎてないわよね？」

心臓発作で倒れて病院に運ばれ、意識を取り戻した瞬間に口にした台詞が、これ。沢口喜久江先生、あなたという人は。

「コン・アモーレ」というのは、先生が連載を持っている月刊の女性誌のこと。ハイ・クォリティでありながら温かみのある誌面作りが人気を博していて、先生は、毎号、季節に合った新しいレシピを紹介しているのでした。

それだけなら一度くらい休載したってどうにかなるのですが（いえ、それだって先生は我慢ならないでしょうけど）、ゴールデンウィーク特大号で、沢口喜久江特集を組むことになっていたのでした。そして、その撮影時期がせまって来ていた。先生が倒れた、と聞いた時の、私を始めとするスタッフのあせりようといったらありませんでした。

ええ、もちろん先生の体の方も心配で、こちらも震えてしまうほどでしたが、命に別状がないと解った時には、ほっとすると同時に頭を抱えてしまいました。連休前に発売になる雑誌の進行は、常に時間との戦いで、あらゆる意味でぎりぎりなのでした。

しかし、そんな中でも沢口喜久江のためなら、とカメラマンを始めとする一流の人々が時間をやりくりして特集に全力を尽くしてくれようとしていたのです。

「撮影は三日後です。先生、どうしましょう。なんとか、もう少し延ばしてもらいますか？これから編集部に連絡を取って、担当と話してどうするか決める予定ですが……」

目を覚ました先生の無事に歓喜の声を上げるより先に、事務的必要事項を口にしてしまう私です。でも、先生によってこんな女にさせられたんです。仕方ない。

「どうするか決めるって、どういう意味？　ドタキャンもありってこと？」

「ええ……それも視野に入れて……」

「駄目よ！　そんなの」

ぴしゃりと遮られて、私は口をつぐむしかありませんでした。なんなのよ、いったい……さっきまで、一歩間違えば命を落としかねない状態だったのに。あったかくて、柔かーいエブリバディズ・ママ、みたいなイメージを保ち続けながら、実は、女傑。それが沢口喜久江という女。逆もまたしかり。豪放に見えて、繊細。

先生の秘書になって、早や十年近くになりますが、いまだにあの方が、どういう人間であるのか把握しきれていないところがあります。あの方は御自分の中に相反するものを常に抱え込んでいて、そこに何の疑問も抱いてないように見える。皆の良きママであるのも彼女。仕事の鬼の女丈夫を貫くのも彼女。

長年、一番身近で先生を見ている私にしか解らないことかもしれませんが、あの方は矛盾の塊。そして、それを少しも自覚していない。多重人格めいている、と感じてしまうこともあります。でも、それは、どれほど魅力ある多重具合《ポリフォニー》であることか。大人の女の中に複雑な味わいを加え、熟成されたワインのごとき……ブーケが花開き……いけない、冷静である筈の私が、俗なお飲み物評論家みたいなことを言い出そうとしている！　剣呑、剣呑。

誰もがそれぞれに沢口喜久江のイメージというものを持っているでしょう。でも、あの方は、その人たちを裏切っているのです。誰も傷付けない素晴しいやり口で。その裏切りは、決して、先生の人間性をそこなうものではない。

よく、芸能人の小僧小娘共が、「いい意味で観る人を裏切って行きたいでーす」などとほざきますが、そんなちゃちな裏切りとは違う先生の裏切り。その奥深さに触れたら、もう夢中です。ええ、この私のように。

「並木さん、大急ぎで、桃ちゃんに会って来てくれない？　今回の仕事、全部、彼女にやってもらう」

「……本気ですか？」

「もちろんよ。今回、予定してるレシピのデータは全部、わたしのパソコンに入ってるから」

そう言って、先生は私にパスワードを教えました。紙にメモして頷きながらも、私は信じられない気持でいっぱいのままです。だって、あの子は、先生の……。

「桃ちゃんに譲ると言ってるんじゃないのよ。わたしの代わりにやってもらうと言ってるの。レシピだけで、わたしのイメージ通りに仕上げられるのは彼女しかいない。そうでしょ？」

ええ、悔しいけど、そうです……って、私、いったい、何を悔しがっているんでしょう。

「それと、いつもわたしが最後に付け加えてるショートエッセイ。当分の間、あの子に書かせてちょうだい」

「あそこの先生の文章、短いけど、ものすごくファン多いんですよ!? あのコーナーも譲っちゃうって言うんですか!?」

だから！ と言いながら、先生は息を切らせて続けました。やはり、本調子まではかなり遠そうです。

「……だから、譲るとは言ってないでしょ？ アシスタント・モモからひとこと、とかなんとか、そんな調子でわたしの近況を伝えて欲しいのよ」

「……もし、和泉さんが断わったらどうするんです？」

先生は、何を当り前のことを聞くと言わんばかりに鼻を鳴らしました。

「あの子は断わらないの」

「どうして、そう言えるんです」

だって……と、これ以上ない穏やかさと、同時に、底知れない残酷さをたたえたような笑顔を浮かべて言ったのでした。

「和泉桃子は、わたしのことが大好きなのよ」

はたして、桃子は、余計なことを何も言わずに先生の申し出を受け入れ、見事に与えられたミッションを完遂したのです。先生が望んだ、いえ、それ以上の出来だったかもしれません。

集中して、先生のオリジナルレシピを魅力にあふれたプレイトの数々に仕上げて行く桃子。その緊張感漂う様子を見守るスタッフたちにも、おのずと熱が入り、撮影終了と同時に拍手が起きたほどの充実した仕事でした。

お疲れーっ、やったね！　と桃子に抱き付いてねぎらう田辺智子に向って頷くその目は潤んでいるようでした。

離れたところで、その様子を見詰めていた私にも、桃子に賞讃を贈ることに何の異存もありませんでした。後で、先生の代わりに書いた短い文章も、シンプルで、まるで叙情的な詩のように美しかった。

「がんばりましたね、和泉さん。さすが、沢口先生です！　才能を育てる才能もお持ちなんですね」

担当編集者のその言葉に、私も誇らしくなってしまい、笑顔で頷きました。そう、沢口喜久江は、食材のみならず、あらゆる人を見る目にも長けているのよ、えっへん！　問題はそんな先生に、どうして自分の男を見る目がないかってことなのよ！

くり返される太郎さんの不実に耐える先生の姿を目の当たりにして来た私は、憤死しそうになることもしばしばでした。とりわけ桃子との関係を疑い始めてからは、二人の間のさり気なさを装ったその親密さに我慢がならず、つい先生に御注進申し上げたりもしたのです。

そうしたら、先生は、もの哀しい笑みを浮かべて言ったのでした。

「出会っちゃったのかもしれないわね……」

……何、それ……先生に……天下の沢口喜久江にこんなことを言わせるとは。浮気なら浮気らしく、ちゃんと浮ついたままでいなさいよ！　でないと、気軽に後ろ指も指せやしない。

そんなふうに歯痒い気持を持て余している日々の中で、先生が倒れたのです。私に連絡をくれたのが、太郎さんの親友である玉木洋一さんだったのは意外で驚きましたが、心臓の発作という言葉に動転した私は、自分も倒れそうになってしまい、それどころではありませんでした。

着のみ着のままで駆けつけた私は、先生の命には別状がなく今は落ち着いていると聞き、へなへなと病院の床にへたり込んでしまいました。先生が倒れたのが玉木さんのお宅であったと彼の口から聞いたのは、その後でした。

へえ？　と思いました。へえ？　そうなんだ、と。太郎くんには、まだ言わないでおいてくれる？　と玉木さんは、私に頼みました。あ、それそこに置かないでもらえる？　というような調子で。とても、静かに、でも有無を言わせない感じで。

先生の入院中、玉木さんは毎日のように病院に通って来ました。その回数は、太郎さんよりはるかに多かったと思います。時折、二人がかち合うこともありましたが、そんな時は、連れ立って病院内のカフェテラスに寄っているようでした。その様子には古くからの気の置けない友人同士特有のなごやかさが漂っていて、詮索は無用ね、と私は、ほっとした気持で肩をすくめたものです。

でも、ある日、完全に閉められていなかった病室のドアの隙間から、先生と玉木さんの会話を立ち聞きしてしまったんです。

「刃傷沙汰もなしに、ずっとずっと好きだった女の人を手に入れる機会が転がり込んで来たんです。遠慮するのを友情とはぼくは思いません」

でも……と消え入りそうな、けれども甘い先生の声がしました。

「わたし、太郎さんがいないと意地悪な人になってしまうの」

「どんどんなればいい。安心してなればいいんです。ぼくは面倒のいらない男ですから」

点滴のスタンドに、腕時計か何かでしょうか、カシャリと金属のぶつかる音がしました。それと同時に、先生のベッドに覆い被さるように傾く、玉木さんの広い背中が目に入ったのです。私は思わず声にならない声を洩らしてしまい、慌てて口許を手で押さえたのでした。

あ、そんな。

頬がこけたという言い方は当たらないな、と美大で私の生徒だった沢口太郎の話に耳を傾けながらも思っていた。やつれたというのも違う。そういう、みすぼらしさを感じさせる言葉も相応しくない。ずい分と鋭角的になった彼の顎には、形容しがたい微妙なニュアンスが漂っている。色男度が増したな。

「三井さん、おれの話、ちゃんと聞いてくれてます？」

「うんうん。顎の線が、ちょっとだけビュッフェの作品ぽくなったよね」

「はー、その無責任な感じ、全然変わってねー。愛の苦悩で痩せたんですよ」

そうふざけた台詞を口にして、のけぞって見せるかつての生徒は、ここのところ大変化を遂げたようだ。もっとも、私に対する気の置けない態度は学生時代から変わりがないが。

私は、少なくない数の教え子たちと友人同士のように付き合って来た。気楽に、親密に、対等の絵描きとして交わるべし、というのが、うちのモットー。そのため、大昔のパリに実在した、ちんぴらごろつき芸術家グループになぞらえて、「三井アパッシュ」などと揶揄されて来た。そして、その内、それが我がサロンの実際の呼び名になった。

多くの若者が気軽に入り込んで来る一方、出て行く者も少なくなかった。友好的ではあるけれども、そこには目に見えない作法があり、それを知って居づらくなる場合だってあっただろう。身勝手な上昇志向のために人を利用するようなたたずまいは嫌われた。結果、何だか妙にのほほんとした連中の溜り場として落ち着き、今に至っているのであった。

「三井アパッシュには野心家がいないね」

一緒に住むミーちゃんはいつもそう不満そうに言うが、いいじゃないか、それが私の好みなんだから。

「沢口くんとか玉木くんとか、お金持や有名人になりそこねた人たちばっかり」

まあまあ、と私は言って、ミーちゃんを撫でてやる。ミーちゃんは、猫ではなく、人間の女で私の愛人だ。ここに出入りする中で一番年下だが、年齢性別に関係なく他人はすべて「くん」付け。私も、シンヤくんと呼ばれている。可愛い。でも、目を細めているのは私だけで、客人は皆、胡散臭い生き物のように彼女を見る。

さっきも、沢口くんがいるのにサロンに入って来て、私の背後から首ったまに抱き付いて、シンヤくん、金くれよお、とねだった。ない！　とひと言で断わったら、こちらの頭をぽかぽかと叩いたので言ってやった。

「ないと言ったら、ない」

「嘘だあ」

「嘘じゃない！　キャッシュレスの時代だ」

「けち！　しみったれ！　しぶちん！　吝嗇！　守銭奴！　薄利多売！」

そう捨て台詞を残してミーちゃんが出て行くと、沢口くんは呆れたように後ろ姿を目で追った。

「……ずい分、ボキャブラリーの豊かな人ですね」

「うむ。あばずれの鑑《かがみ》だな」

はあ……と、沢口くんは理解出来ないというように溜息をついて首を横に振った。

「で、きみは、和泉桃子さんと結婚するの？　もう一緒に住んでるんだっけ？」

「考えていません。今、仕事場で寝泊まりしてますし。まあ、将来はどうなるか解りませんけど。おれ、結婚に向いてないみたいだし」

「何、言ってんの。この世に結婚に向いている向いていないっていう視点は存在しないよ。誰との結婚に向いているかいないかってことだけ。沢口くん、喜久江さんと十五年近くも結婚生活送って来たんじゃないの。向いてたんだよ、その結婚に。そして、喜久江さんも向いてた。でも、向かなくなった。だから、結婚生活を解消した。そうだろ？」

「そう……なんでしょうね。でも、おれ、なんか腑に落ちない。玉木と喜久江があああなるなんて」

「きみ、それまで放って置いた喜久江さんが、たったひとりで死んで行くかもしれないと思った時に、久し振りにそそられたんじゃないのか」

「そんな！　不謹慎なこと!!」

「不謹慎か？　私は性的なことを言ったんじゃないよ。沢口くんはね、死と隣合わせになった喜久江さんの絶対的な孤独にそそられたんだよ。前に言ったろ？　多数を味方に付けてる女より、誰も味方のない単数でいる女の方がそそるって。きみは、喜久江さんがそうなったのを知って心が揺れた。でも、玉木くんに先を越されてたんだな」

うーむ、と言って、沢口くんは腕を組んだまま、ソファに身を預けた。全然納得していないようだ、と様子をうかがっていたら、ほおっと大きく息を吐いた。

「なんか、肩の荷が降りました」

「……肩の荷って、まさか喜久江さんのこと？」

「違います。おれ、いつの頃からか、自分自身に役目を課してたみたいなんです。たとえば、飄飄《ひょうひょう》ぶりっことか」

「ひょうひょう……」

「何があってもどこ吹く風……みたいな空気をまとっていなきゃって。いつもそうしていたら、段々、本当にそう見える男になって来たみたいで、フリーダムな男としてもてるようになっちゃったんです」

「あほらし。それはもてたんじゃなくて便利使いされたんだろう」

「ひどい。そうかもしれませんけど、楽しくていい気になって飄飄を極めていたら、時々、すごく落ち込んだ気分になって……なんか似合わないコスプレしてんなって思い始めて。だって、おれ、本当は、すごく些細なことを気に病む小心者だし、劣等感とか嫉妬心とか人並に持っているくせに、虚勢を張って悟られないよう姑息に立ち回ったりしていました。それに、これは決定的なんですが、おれ、すっごく弱虫なんですよ」

「ほお」

「喜久江だって、初めはそのこと知ってる筈だった。でも、あいつの仕事が認められて有名になって行くに従って、おれを立て始めた。おれが色々やらかしたって、才能あるアーティストはそういうものとして扱ったし、おれはおれで図に乗ってしまったんです」

「……それが喜久江さんのせいだと？」

いえ、と沢口くんは自身を恥じるように唇を嚙み締めた。

私が初めて喜久江さんに会ったのは、沢口くんと彼女が結婚を決めて、挨拶に来た時だった。社会的に良く出来た女だと思った。こんな人が伴侶になれば、生活の苦労なく存分に好きな絵にかまけられるな、と少々羨しく感じたものだ。夫の私生活の不手際が散見されても「我、関せず」といった調子で、ゆったりと受け止めてくれるだろうと。しかし、あの時は、私も若かったんだな。若いと色々都合の良いように考える。

喜久江さんは喜久江さんで、結婚して以来、自身に役目を課して来たんだな、と今は思う。ゆったりと見せることに全精力を傾けてきたんだ。そう、沢口くんの言い回しを借りると、ゆったりぶりっこ、というところか。彼を広い心で受け止めている自分でありたいし見せたい。そう願い続けていたら、本物の自分との区別が付かなくなった。でも、いつかは目が覚める時が来る。

沢口くんも同じ思いで来たんだろう。それが軋み始めたのは、和泉桃子という女に出会ったからだ。その彼の変化に気付いた喜久江さんの心も軋み始めた。長年連れ添った男と女の心と体、そして運命は同調するのだ。

　均衡は見る間に崩れた。その瞬間を逃さずに好きな女の手を取って自分に引き寄せた玉木洋一は、本当にすごいぞ。でも、それは偶然からではないのだ。ずっと、その女を見守り続けて来た男だからこその成果。ほとんど棚ぼたに見えるほどの熟練者の仕事。

え？　何に関して熟練しているのかって？　沢口喜久江という女に関する熟練者だよ。玉木と彼女は自分に向く相手を再発見したのだ。

「玉木くんはいい奴だろう？」

「はい。あいつ、太郎くんといると、いつでも蔦の絡まるチャペルを見た頃に戻れる、とか言うんですよ。おれたちの学校にそんなのありましたっけ」

「私がいつもカラオケで歌ってた歌を思い出すんじゃないのか？　ほら、ペギー葉山の、さ。つったの、絡ま〜るチャペールで、祈りを捧げた日〜とかいうやつ」

「あー、なんかありましたね、昔の古い歌」

　馬鹿だなあ、忘れたのか、沢口くん。皆で飲んで、私が喜久江さんに無理矢理マイク持たせて歌わせた「学生時代」という歌じゃないか。途中、玉木が妙に親身になって助けてやってた、あの感傷的な歌詞の。

「三井さん、おれ、このままで良いんですよね」

「そりゃそうさ。牡丹の池であお向けになって溺れかけてたオフィーリアの手を、引っ張り上げてやったんだろう？　人命救助だ。安心して表彰されろ」

　へへっ、と笑って、沢口くんは立ち上がり暇《いとま》を告げた。帰り際に、これ彼女ががんばって仕事をした証なんで、と自慢気に置いて行った雑誌を見ると「コン・アモーレ」とある。グラビアの写真を見るだけで腹へって来ておれ、紙、舐めちゃった、とふざけたことを言っていた。馬鹿か。ふーん、愛をこめて《コン・アモーレ》、ね。イタリア語とは洒落くせえ。人生なんて、傷口から流れる血を舐めてくれる人と、流れる涙を拭ってくれる人が側にいてくれるだけでこと足りるんじゃないのか？　そうだろう？　ミーちゃん。

初出　『小説新潮』二〇二〇年一月号〜十月号

装画　Juan Sánchez Cotán
装幀　新潮社装幀室

ＪＡＳＲＡＣ 出 ２０１０２６８−００１

血《ち》も涙《なみだ》もある

著者

山田詠美《やまだえいみ》

発行

2021年２月25日

発行者　佐藤隆信
発行所　株式会社新潮社

〒162-8711 東京都新宿区矢来町71
電話　編集部　03-3266-5411
　　　読者係　03-3266-5111
https://www.shinchosha.co.jp

印刷所
大日本印刷株式会社
製本所
大口製本印刷株式会社

乱丁・落丁本は、ご面倒ですが小社読者係宛お送り下さい。
送料小社負担にてお取替えいたします。
価格はカバーに表示してあります。

ISBN978-4-10-366817-6 C0093